一石文化 · 城市漂流: 关于三个城市的十二个建筑思考 · 城市文化系列

西 雅 图　SEATTLE

纽 约　NEW YORK

芝 加 哥　CHICAGO

城市　漂流

关于三个城市的十二个建筑思考

阮庆岳 著

李治辉 摄影

广西师范大学出版社

城市漂流

Contents
目录

西雅图 SEATTLE

纽约 NEW YORK

芝加哥 CHICAGO

城市漂流，
一个早春……

　　2001年初春，《家饰》杂志的李治辉兄邀请我和刘湘怡小姐一起横走美国三个城市（西雅图、芝加哥、纽约）。

　　我们在早春初暖还寒的凛凛微风中，一路看草树渐行渐吐露出嫩鹅绿枝桠来，迫不及待的粉色白色花朵陆续攀上树梢；犹覆盖着隔夜未融冰雪的道边绿地，布满奋力在清晨阳光中绽放艳色动人的郁金香，一种漫漫长冬终将结束的欣喜与期待感，飘散在干冷匆匆过人的吐纳里。

　　是的，春天就在眉间眼梢了！三人就这样以三个星期的时间，共行过这趟我称之为漂流的旅行。当时，我觉得自己的确是在漂流，在城市间、城市内、城市外漂流，一幢幢等在终点要拜访的建筑物，就像一个个可安魂定神的暂时歇脚亭所，而我们就……自觉地漂泊着……

　　当时，城市是那个固定不移的窗外风景，待参访的建筑物是一个个必

8

须途经的车站，我们三人自然就是风尘不歇来自异乡的命定旅人了。

如今再回看，发觉彼时远道特去参看的建筑物，竟忽然都像在时光中载浮载沉、等待历史最后评价的漂流物了（仍不知最后可依靠的港湾何在），那三个原本巍巍耸立坚实不移的大城市，竟也同时间非永恒地漂流起来了呢！

像失了根的兰花一样漂流在半空中……

那么，究竟是谁不在漂流着呢？

才发觉原来不动的是我、不动的就是我，建筑与城市是那个漂流体，我则是岸边长时坐着不动那个悠然的观看者啊！

坐看走马灯样的建筑与城市来去，看庞然城市漂流过目、千帆万帆漂流般地过去，在一个早春干冷的记忆里……

李治辉

随处是家处处家

　　生活与工作的特质没有明显的界线和区隔，是我接受而且已经养成的生活方式，我把平常和无常的经验感觉交替在一起，没有太大的情绪高低落差，做自己现在能做的安排，把过去经历和阅读的反映出来，我觉得如果尽力的话或许强求就会变得比较容易。

　　发生在我的生活历程中有关生活美学的题目，如人文环境、当代艺术、建筑、室内及工业设计等，因为我选择《家饰》杂志这样的媒体工作而得到了接触、计划、执行和整理的机会，同时也在工作中结交了不同专业领域、有同样热情的人，当能力所及我们一起开展采访范围，这一次接下一次。因为我是用没什么脾气和随处走走的心情，虽然体能和劳动量大，但总能乐在其中，而在接触格局和想像空间变大的同时，也逐渐体会享受到自己是微小的那种真实感。

　　与阮庆岳老师、田园城市文化事业合作，原来在台湾出版的这本书，是我在2001年走访美国的重点行程，其中影像纪录的想法都必须在不能控制、等待和必须立刻反应的情况下随时启动，在时间的竞赛当中做无法重做的抉择，这样的行程还能享受其中，如果说是我的生活态度所使然是不够的，还要特别感谢行程中阮庆岳老师和刘湘怡的容忍和照料，谢谢你们。

SEATTLE
西雅图

数码时代的
巴别塔

Experience Music Project (EMP)

摇滚乐博物馆

弗兰克·盖里设计

Frank Gehry

A Digital "Tower of Babel"

在2000年正式开幕的西雅图摇滚乐博物馆，是由向来对新空间与造型美学有着近乎宗教崇拜般狂热追求态度的建筑顽童弗兰克·盖里（Frank Gehry），继西班牙毕尔巴鄂古根海姆美术馆后，又一次挑战建筑美学并结合电脑科技与营造技术的大胆尝试。

这个音乐博物馆的全名其实是：Experience Music Project（简称EMP），设立的宗旨是要"展现摇滚乐的本质，并追索到影响其发展的爵士、灵魂、圣乐、乡村与蓝调等相关音乐历史领域，以及其对未来音乐可能的后续影响"而设立的。但是真正引发整个计划的念头，其实是由居住在西雅图同时也是微软创始人之一的保罗·艾伦（Paul G. Allen）因个人早年对已故摇滚巨星吉米·亨德里克斯（Jimi Hendrix）的极端崇拜，并大量收集与其相关纪念物件后，想要有一个可供展示的场所所引发出来的。整个构想不断延伸发展，终于形成最后这个仅建筑就耗资1亿美元的摇滚乐博物馆来。

EMP的位置在西雅图北端的西雅图中心（Seattle Center），这块广大的基地原本是1962年世界博览会的场址，在将近40年后的现在仍可见得到的当年展场遗痕，只有观景高塔与来往于城中央的轻轨铁路了。

电吉他是盖里发展此设计的第一个构想来源。因药物与酒精过量而死于1970年，当时年仅28岁的吉米·亨德里克斯，有在演唱会时摔碎电吉他的习惯，盖里最初发展设计时就曾依照摔碎的吉他做出一系列模型来。最后完成有各异色彩裂成块体状的建筑体，每个不同的色彩仍是与吉他有着密切关系，例如淡蓝色代表Fender吉他，金色是Les Paul吉他，红色代表其他的吉他，紫色是来自吉米·亨德里克斯的歌名"Purple Haze"，银色是代表吉他的弦线和其他配件。

盖里事务所的设计人员表示他们最喜欢的是银色，因为银色最能反映出周遭环境的影像来。虽然整个形体的构想是源于"摔碎的吉他"，但是

五种颜色的块体代表摔碎的电吉他，
轻轨铁道则是吉他的长柄。

完成后的外观却有因极度抽象而产生的自由联想可能，有人形容建筑物形状像内耳蜗，也有人说像是一颗臼齿，或是将其自由线条与西雅图的山峦相提并论。

　　盖里在1996年先是用手工、低科技的方式，开始进行这个方案的设计工作。设计小组依照盖里的涂鸦构想图，试着发展出手工制作的不同体量的模型，当外型确定后，再十分艰难地将外表线条的起伏输入电脑。盖里事务所所选用的3D软件是极端昂贵的CATIA软件，这种软件是由法国研发出来，原本是用来设计幻影战斗机用的，后来波音公司修改用来设计商用飞机，盖里在约十年前第一次用它设计了一座公共汽车站，之后就应用在一些较大的包括毕尔巴鄂的古根海姆美术馆在内的设计方案上。

　　当整个设计的形体概念现身出来时，如何去构筑这样造型的构造方法，成了一开始最具挑战的思考，甚至于以最原始的用土堆先堆出真实体量，再在其上浇灌钢筋混凝土的方法，也被严肃地考虑过，但最后还是决定用钢骨系统来施工。但真正最困难的挑战，其实是如何营建出这样一栋每一个钢脊骨与每一片金属覆面都是不同立体单元的建筑物。这个方案和毕尔巴鄂的古根海姆美术馆大异其趣的是：毕尔巴鄂的古根海姆美术馆的自由曲体事实上是由直交成隔状的笔直钢构件所架构而成，上面覆盖的金属板也是由水平面所联结成的仿曲面；EMP则每一个钢构件甚至金属表面，都是特别切割出来的立体形貌，也就是都是货真价实建构出来的曲面体，这也是CATIA软件的优势，它本来就是用来设计像飞机或船体那样流畅的躯体线条的软件。

　　在钢骨架与辅助结构支撑架构起来后，工人把拉紧、沉重的粗金属网覆盖固定上去，其上再铺上一层细的不锈钢网，并编排钢筋用来浇灌约12厘米厚的快干水泥，凝固后铺上防水层，并锁上最外层的金属皮层。整个

庞大的体量因曲面而不觉压迫，光线
变化更增添建筑物的生动活泼个性。

SEATTLE
西雅图

施工过程叙述起来只是三言两语，但是真正要面对的困难与艰辛，自然是不言而喻，相信也是只有参与者最明白，也是难为外人真正了解的。

盖里在施工过程中，坚持扮演强势的角色，他宣称要恢复建筑师亦是总工程主导者的古老传统，因为他大概知道EMP营造上的难度与现场协调时的问题会有多大，营造过程中势必是要不断考验整个团队的耐心极致何在，如果建筑师不能维持住强势的角色，结果有可能是不堪设想的呢！

但无论如何盖里终究还是圆满地交出了这个有划时代意义的建筑来。这个有着缤纷色彩的庞大建筑物，从城中远眺时，会显得有些呆滞与色彩过度喧嚣，与整个西雅图有远山为屏、蓝海为庭的景观似乎有不相融合的突兀感受。但如果真正走到建筑物的躯体旁时，感受又会大不相同，它的尺度因为曲面的关系使体量不显得压迫人，每次望见的都只是局部的体量和最多两种金属的色泽，而在人缓缓绕行时，建筑体千变万化的曲线与材料的光影变化，有一种简单中又蕴藏无穷变化的丰富美感出现，材料本质美的可能被极度地发挥，而自由线条的美学可能性，大概也是被推到了一种建筑史上未曾达到过的新高峰。

这种对材料与空间线条的运用，不只是在外在造型上可以见得到，在大厅及餐饮区域的室内空间里，同样有淋漓尽致的呈现效果。将室外面材与体量处理手法同样引入室内，使室内产生出一种奇异的、介于室内与室外间的感受，甚至因为空间体量缩放之间更易有戏剧性，加上人工光线的辅助效果，反而在视觉与空间经验上给人更大的冲击，几乎有正步入某种未来虚幻华丽世界的错综感觉出现。

盖里的EMP设计方案，无疑为他自己也为整个建筑界都提出了一种新的诗意建筑美学的可能（当然作品仍是延续毕尔巴鄂古根海姆美术馆的建筑思索轴线），他勇于挑战营造技术的可能与善于结合电脑科技的优势，都

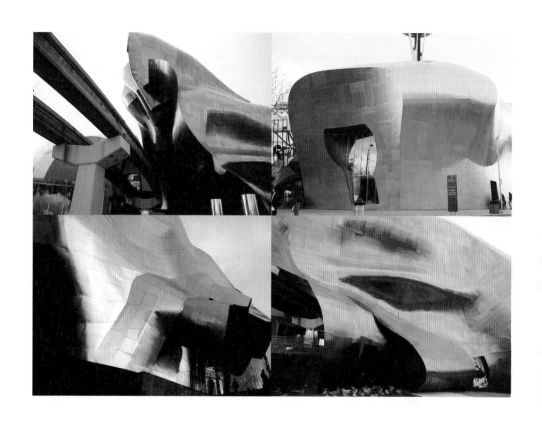

材料本质美的可能被极度地发挥，
自由线条的美学可能性，也被推到
历史新高点。

是使他得以持续受世人瞩目的原因之一。

但是透过EMP方案，也让我们思索并认识到建筑美学的达成，事实上还是必须建构在营造技术的限制下，盖里在CATIA软件支援下所设计的新建筑的美学观，事实上还没有可与之相呼应的材料与技术来支持，因此他在实践这美学的过程中，就显得格外辛苦，并相对要付出极为昂贵（金钱与人力）的代价，在成果令人赞叹之余，某方面还是不免要叫人质疑这样代价的付出是否值得。就像人们对《圣经》故事里巴别塔的建造其意义与必要性何在的思考一样，EMP的实验究竟是人类有如盖巴别塔追求自我极致成就时的一种必要挑战呢？或就只是如上帝所认为的仅是人类自大与夸耀罪恶本性再一次的无意义呈现呢？

盖里能勇于率先脱离钢与玻璃有如金箍圈般长久以来对技术与美学的限制，使现代建筑得以从几乎已经令人动弹不得的某种当代美学限制里豁然脱身，让建筑美学思考的可能开了一扇大窗，的确是功德无量令人敬佩。至于营造技术在形成建筑美学时显现出来的笨拙、不合理与昂贵，究竟是不是建筑师应当思考的问题与责任？或是本就是属于营造方法与新材料、技术发明者赶不上时代脚步的错，根本就是与设计者无关的呢？

这问题是否又是另一个鸡与蛋孰先孰后，无法回答的老问题了呢？

室外面材与体量感被引入室内，加添视觉与尺度经验的新冲击感。

EMP 勇于挑战营造技术的可能，
也善于结合电脑科技的优势。

盖里以此作品为建筑界提出新的
诗意建筑美学可能。

贝利夫美术馆 Bellevue Art Museum

斯蒂文·霍尔设计 Steven Holl

可见的与不可见

The Visible and the Invisible

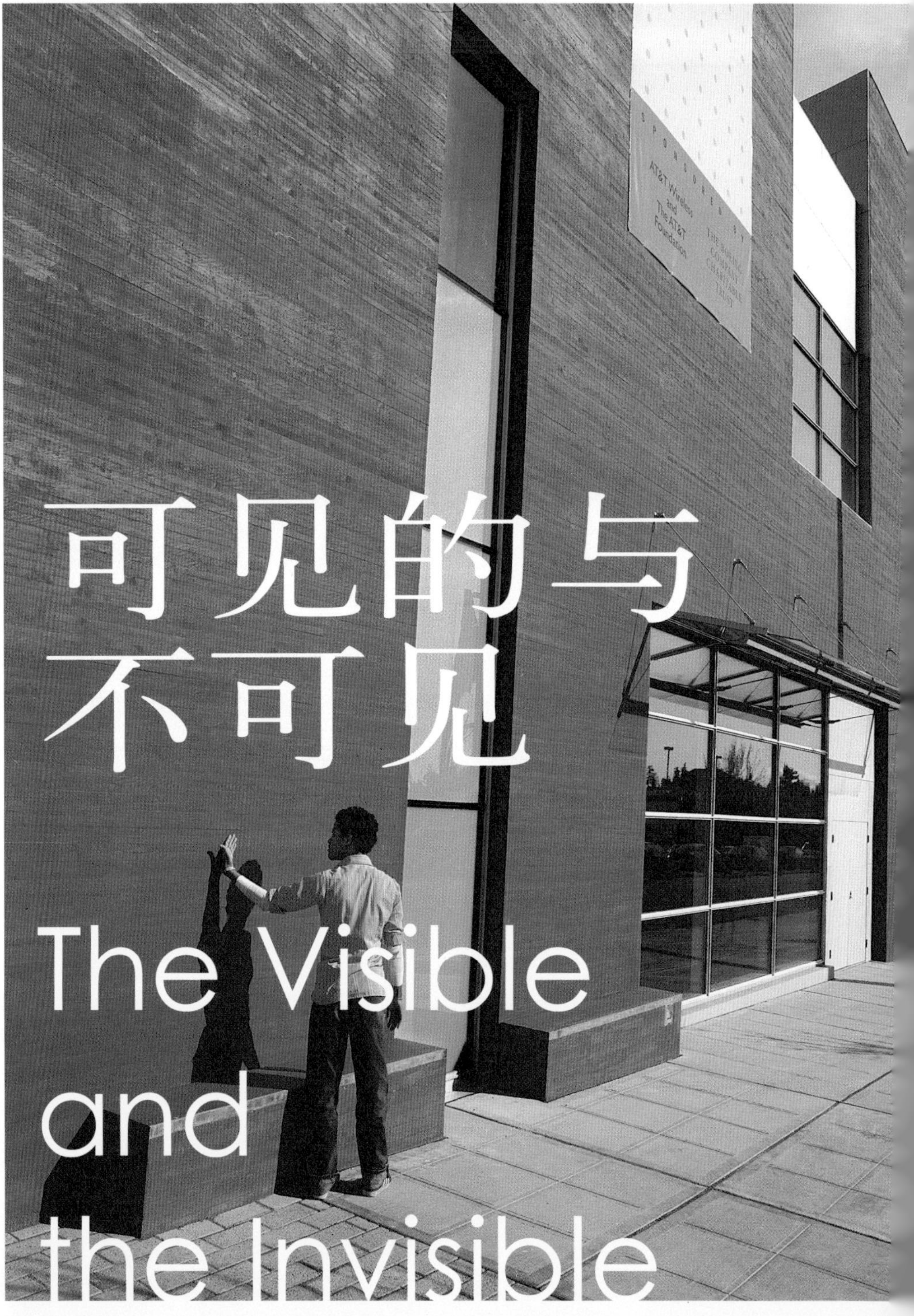

同在西雅图、也几乎先后在半年间开幕的两个博物／美术馆，斯蒂文·霍尔（Steven Holl）的贝利夫（Bellevue）美术馆与弗兰克·盖里的摇滚乐博物馆，同是世纪初令人目光一亮的优秀建筑作品，却也同时有趣地显现出本质上极度相异的建筑美学态度，叫人不能不被诱引做思考。

霍尔的贝利夫美术馆相对于盖里的摇滚乐博物馆，不管在媒体舆论声势上，还是建筑风格姿态上，都显得委婉含蓄许多，这栋初落成的当代建筑，几乎低调到即使开车由其前面经过，也可能因不注意而视而不见的地步了。

为什么霍尔会用这样的建筑面貌来面对这个世界呢？他想追求的建筑又是什么呢？

在霍尔为这个作品特别出版而收集的有他设计过程的水彩画稿、模型与施工照片，名为《三重奏》（*Tripleness*）的书中，这样叙述他做设计的程序："我的创作程序始于先阅读并了解空间的使用需求，以及到基地实地勘查，然后我就先将这些东西置之一旁，以直觉开始画系列速写图，同时另外用文字写出设计构想来，并期待这些意旨暧昧不明的图画与文字可以终于融为一体；这有时得费上几个星期甚至几个月，有时却在瞬间就能达成。"

这段话很清楚地说明了霍尔是如何先由理性进入设计（先了解设计的内容与基地），再寻求与感性结合的设计态度。贝利夫是一个不以收藏作品为目的的美术馆，经营的理念是以人（而非艺术品）为思考重点，认为"对艺术的愉悦、发觉与创造，不应只存在于艺术品身上，反而应该存活在艺术家与观者的眼、心、手与意识里"。

因此贝利夫美术馆包含有三个画廊、一个驻馆艺术家工作空间、四个艺术工作教室、一间多媒体图书馆、展演厅、餐饮空间、礼品店与多功能空间，意图与社区教育和活动结合的目的性十分明显。霍尔于是将这栋三层建筑分成"三大机能"区，一楼做公共性使用，二楼做教育性使用，三楼做艺术展示区；而在三楼的三个画廊，他又依光线的特质，将之区分为北向光、南向光与东西向光源"三个不同个性"的空间来。这是馆方希望来访观者能看、动手尝试与创作的"三大目的"，同时是他将书命为"三重奏"的原因。

这样理性实际的区分空间与设计的态度，为何却能产生出有着诗意优美性的感性建筑空间来呢？霍尔自己在书上就说过，他认为设计者"最重要的是要能发展出对自己直觉能力的信心与对未知保持着实验的态度，并愿意不断持续地去做去尝试。"

至于要如何来发展直觉的能力，他举自己为例说："每天清晨醒来在与他人接触前，我都会先自己一人喝杯咖啡、听一些有意思的音乐，然后开始画45分钟到1小时的水彩画，有时候画的是飘在空中抽象的形体，有的时候是对空间的感觉，有时是建筑的真实构思。"

霍尔借这样日日的清晨水彩画过程，来捕捉自己的直觉能力，但是要这样持之以恒地做下去，也不是那么容易的事，他就说过："有时候我也会觉得筋疲力尽，不想再在清晨作画了，但往往那样的清晨，我反而会画出特别好的东西来。"

他说他在这样许多年下来后，理解到对创作者而言自律是十分重要的，他说："创造力是主观的，不强力推挤是不会源源涌现的，是意志使它得以现身。"

霍尔说美术馆"就是一间盛放艺术品的谷仓"，这事实上陈述出他希望建筑维持率真而直接性格的基本观点，这也同时反映了为何他在处理这个建筑外观时显出虽然手法特殊，却又刻意不喧嚣夺目的风格。美术馆整体建筑的空间感呈现出一种由设计意念控制的干净完整（wholeness）品质，与一丝因追求诗意性而生出的近乎圣洁（holiness）的宗教情操来，空

建筑风格低调、委婉也含蓄。

外墙的混凝土上漆，表现建筑率真而
直接的性格。

间尺度与风格虽然未必为人们所习常惯见，但因人与空间的关系良好和谐，整个建筑丝毫不觉疏离突兀，反而能与环境互融，也亲切动人。

在对于材料的使用上，霍尔认为人类的心理层次上有着与真实材料难分舍的渊源关系，因此他喜欢在空间中显现材料特性，让人可以觉察到木材、混凝土、铁、铝或玻璃的真实质感，他说："物质是有能力与人沟通的。就像烧菜一样的，在菜色中加入有天然味道、质感的调味料，自然可以添加食物的美味性。"

他也特别重视空间与自然环境的关系，他说："如果你想使你的空间生出灵性动人的品质，你需要适度地与自然气候结合，要懂得如何与太阳（阳光的角度）对话，要会利用风和雨在空间中能产生的特质。"

霍尔可能是现代建筑史上最善利用自然光线的几位建筑师之一，他称阳光的丰富性有如交响乐般层次丰饶，我们实应善用并借着它来显现空间的优美品质。但是和另一位也同样善用阳光的建筑帅路易斯·康所不同的是，康多半是以阳光深重的强烈明暗对比，来显露空间中崇高得近乎宗教的个性，霍尔则惯常直接以阳光在空间里的直射、折射与反射亮面的效果（而非阴影），来陈述他对空间模糊暧昧诗意的捕捉，也往往能同时显示出一种相较之下更有人性的仿宗教性性格来。

西方建筑自19世纪初以后，逐渐脱离了被用来作为解读（或联结）宇宙的中介体位置后，建筑的语汇、诗意品质与哲思可能，在20世纪的现代建筑中便一直有着失落彷徨的姿态；霍尔将空间与自然光以这样丰富且密切的方式结合，使人因而能与自然环境有良好关系，并与宇宙系统有较佳的联结，也同时有可能在其中捕捉到一种现代主义往往容易缺乏的诗意性。

霍尔相较于盖里，除了两者间似乎十分易辨的内隐／外显特质差异外，同时在材料选择与建筑传达旨意上，也各自显现出有趣的差异态度。

入口玄关、礼品店及咖啡馆。

盖里近年来喜用显得轻的金属片，来表现具有沉重纪念性格的整体性（像一整块岩石）建筑。而霍尔喜用相对显得重的传统建材，如混凝土、砖石构造来构筑非纪念性（轻）性格的建筑；这样的建筑在外形上维持着谦卑个性，以呈现接近大地水平线条的俗世安定平凡本质，在内在空间上，则以雕塑性抽象空间、辅以多元的光线变化，表露出一种空间、材料在与光线对舞后，所显现的一种诗情的轻盈感。

　　霍尔的风格，有越来越放弃以外显造型夺人眼目的倾向，对空间内在本质的诗意可能，则越来越有入堂奥的厚实强度，像他这样能以看似平淡、实则源源不断丰富优美空间风格引人的设计，在目前资讯媒体导向一切都显得轻、薄、不深刻的社会里，尤其觉得有如暗夜明珠般特别珍贵迷人了呢！

以多元光线变化，表露出诗情的轻盈感。

空间模糊暧昧诗意里，有着属人的
宗教个性。

SEATTLE
西雅图

The Chapel of St. Ignatius　Steven Holl

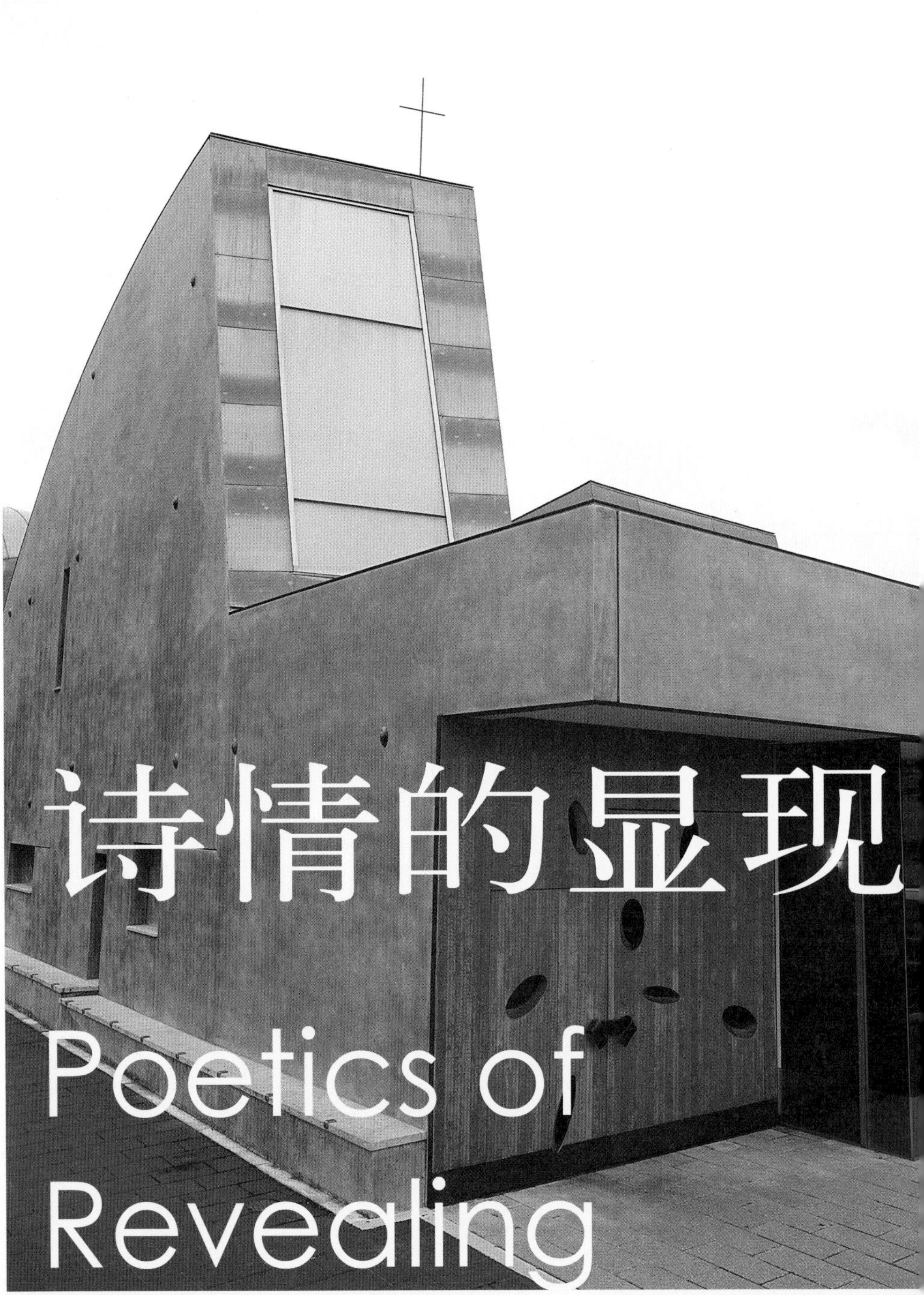

圣 · 伊格那修教堂　斯蒂文 · 霍尔设计

诗情的显现

Poetics of Revealing

建筑师斯蒂文·霍尔为他出版于1991年的第一本作品集取名为《锚定》（Anchoring），并解释建筑乃是一种建筑物与基地间关系的寻求。他接续说明着："建筑与基地间应当有着某种经验上的联系，一种形而上的联结，一种诗意的联结。"

虽然霍尔宣称早自他在西雅图上大学起就坚持相信清晰与简洁是建筑的首要原则，但是即令再加上他对于几何线条与古典比例原则的严格遵从态度，也仍然无法掩盖他在这些显得严格层叠、理性架构后作品中所显现出的近乎本质般夺目耀眼的感性诗意气质来。

在西雅图市区东侧的西雅图大学校园内，新近几年才落成的圣·伊格那修（St. Ignatius）教堂，就很清楚地彰显出这位已达创作成熟高峰期建筑师的个人特质来。整个教堂原始的构想是"在一个石盒子上放着七个发光的瓶子"，每一个发光的瓶子以不同的角度、形式与色彩，照射在一个特定功能的空间区域上。每个瓶子提供两种不同的光源效果，一是直接穿过彩色玻璃窗照射在地面与墙上的光，另一是经由光打照在窗旁涂有色彩的垂壁所反射出来有如彩色光晕般迷离效果的光影。当夜间没有太阳光的自然照射时，他也巧心地设计出一套电脑控制的复杂的人工光源系统，以呈现他所要求的空间中光的戏剧性力量。

例如在圣乐歌咏团的空间，有着直接照射自红玻璃窗的光，以及间接反射自绿墙的绿色光晕，主堂则是用黄色与蓝色来作搭配；这样的光源效果共分成7个区域，也就是反映出他所宣称的设计构想——光的多样性（一个由不同光线所构成的场所），这也是圣徒伊格那修所认为的灵性生活里本来就包含着许多内在的光亮与灰暗面向的真实人性，他将之比喻为抚慰的快乐与荒芜的寂寞。

圣徒伊格那修1491年生于西班牙东北比利牛斯山区的一个富有家庭，

年轻时他像那个时代其他富家子弟一样，多半过着嬉乐放荡的生活，并于26岁时参军以追求当时世俗所共认的军旅至高荣誉，4年后他在法军一次袭击中腿部受了重创，并因此辗转病榻多年，在病床疗养期间他大量阅读有关耶稣基督与圣徒们的生平故事，开始发觉并思考除了成就武士辉煌战勋外的另一种人生可能，因此在他身体康健之后，就立志悬剑并投身宗教。

伊格那修先是住在山洞苦修两年，学习祈祷与灵性专注的技巧，再赴巴黎学习神学及人文学7年；他与另外6人在1534年创立了耶稣会（Society of Jesus），并设定主要的宗旨在于教育，尤其是不分阶级的对于年轻与无知识者的教育、对海外的传教，以及对病者与狱中囚犯的特别关爱与服侍。

从圣徒伊格那修的宗教立意出发点，可以见出一种对平凡人世的怜悯同情，多过对纯粹神性的尊崇向往，这样的特质也十分适切地在霍尔的设计案中显现出来；若拿来与传统古典教堂（例如哥特式风格）的强调向上线条与空间比例的垂直性，对神性向往投注大量关心相比，霍尔的水平横向长方体比例基座，就十分清楚地把圣徒伊格那修这种"属地"而非"属天"的宗教特性彰显出来，仿佛他目光所瞻望处，是受苦的人间，而非荣耀的天国。

与大地同色调的外墙材质，有着入世不回避脱逃人生真貌的诚实意图，水平横向简洁的长方体，在青翠草地与安静水池的衬照下，也真切地显现出圣徒伊格那修某种对人生接纳无求的宿命谦卑态度；7个采光"彩色水瓶子"天窗，除了使建筑物在不同的视角下可以呈现出不同的视觉丰富面貌外，似乎更隐隐表露出一种在经历人生苦难折磨后，向上天祈求体恤关爱的呼喊手势与受苦身姿来。

进入教堂内部被形塑成窄长垂直的穿廊后，立刻会转进见到宽大亦呈水平安定比例的主要聚会空间，在人体尺度的高度范围内的主墙面上，除

教堂的原始构想是"在一个石盒子上
放着7个发光的瓶子"。

了零星诗意的小开窗外，就只是与外墙基座一样显得简单干净的墙面了；但若仰目上望就会见到相对显得缤纷多变的空间上段与下段大不相同的视觉经验，7个形貌方位各异的"彩色水瓶子"天窗，不仅提供了多样光的可能与上部空间的优美线条变化，更使得在每个天窗对应下的空间区域有着属于自我空间的局部垂直空间比例感出现。也就是说在教堂内的人，会因自己所在的位置（圣坛、歌咏团区、座位区……），而感受到一种共处的水平简朴大空间经验，以及独特身处区域所产生出来的特殊光线与空间垂直比例感，一种共享的与独特个人的空间经验同时共存，以及简单与丰富多变的视觉美学风格的并陈。

这种对空间大局劈斧般大气不拘、对局部独特经验的微观细致美感关注能力，在霍尔处理细部与材质时，也同样的明晰可见。霍尔的建筑，远观时有着草书中挥洒不拘小节的大气自信（当然理性自律的严谨性也昭昭然），整座建筑因此呈现出一种简单、大方、干净的朴素自律风格；但在人的手眼可触及的局部细节，霍尔则令人惊奇地屡屡展露出他对手工精致、艺术原创性与真实质感的敏锐诗意感性来，像由一条条木块连砌而成殷实厚重的大门、手工的铜门把手、木门上自在的椭圆光口，以及与当地艺术家合作完成，多半由他设计的地毯、磨砂窗玻璃、讲坛、座椅、灯具等等，他在大处能自信松手，也能在最叫人不经心的细微小处呈现出细腻的体贴美感能力来，不能不叫人心生感叹敬服。

在霍尔的这个圣·伊格那修教堂设计里，我们还可见到他对光线崇拜到近乎迷恋的态度，而这种态度很容易让我们联想到已故的大师路易斯·康来，在《路康建筑设计哲学》①一书中，作者引述康所宣称的：

①王维洁：《路康建筑设计哲学》，台湾田园城市2000年版。

圣坛背后的光源多元且丰富。

"光为空间神奇气氛的创造者",并予以阐述说明:"康认为建筑不仅是呈现光艺术的舞台,它本身亦为一束光。在与光并存的阴暗中,潜藏着人类原始的表现欲,虽然安静却蕴含着骚动。"

对康而言,光线是一种人与神对话的语言,也是人性与神性具体而微的共同显身场域,因此康的设计案中一直具有宗教般的圣洁崇高特质与近乎节欲自制的出世性格;在这个教堂案里,霍尔视光线为空间气氛创造者的态度是与康一致的,但光线在他的手中,则没有康的圣性与神秘色彩,反而有着春天晨光的喜悦与顽皮气氛,直接/间接/反射光、磨砂/彩色/清玻璃的不断游戏般转换实验,让人几乎目不暇接地要惊呼赞叹:光居然能这样的五彩美丽!

霍尔在他作品集的前言《锚定》中,也对光线在空间中所具有的神奇性有所阐述,他说:"没有光,空间将有如被遗忘了一般。光即是阴影,它的多源头可能性,它的透明、半透明与不透明性,它的反射与折射性,会交织地定义与重新定义空间。光使空间产生一种不可确定的性格,形塑出在行经空间时短暂的即时性经验体会。"

霍尔的作品,在现时多半有着意欲寻求炫奇夺目意图的建筑潮流下,反而像一股清新有诗意的优美溪流,自在地在众声喧哗下,优雅地穿越山林溪谷,不受流行俗世干扰地朝着自己所相信的方向奔流下去,以霍尔目前所呈显的稳定成熟度与自信坚持态度,在他优美溪流尾端等待着的,必然是浩瀚无际的宽广海洋。

与大地同色调的外墙混凝土，有着
不回避人生真貌的诚实意图。

共享与个人的空间经验共存；简单与
丰富的视觉美学风格并陈。

SEATTLE
西雅图

NEW YORK

纽约

COMME des GARÇONS in Chelsea
Rei Kawakubo & Future Systems
川久保玲！川久保玲！

一首空间的
月光曲

Space
Melody:
Moonlight
Sonata

54

从20世纪70年代初期崛起于东京，到1981年正式在巴黎的国际舞台面对世界，川久保玲至今30年依然神秘如昔，并一直维持着她最初原始的风格—— 一种无言自制的含蓄与挑战偶像的叛逆结合体。

永远小众与反对量产和取悦大众，使她有着一群以艺术家与设计师为主的死忠追随者，而川久保玲长期不变的对世俗价值挑衅的态度，除了使她得以维持在时装界依然前卫的地位外，最叫人惊讶的是，她在这样叛逆挑衅的身姿之下的作品，却离奇地有着一种叫人迷恋难舍的感性气质。

川久保玲在1999年2月把设立在纽约市苏荷区15年的店关掉，毅然迁到靠西边新崛起的画廊区雀儿喜（Chelsea），这固然是因为苏荷区日渐商业化的通俗文化气氛令她难于忍受，事实上川久保玲同时也想借着雀儿喜的新店，来做她对未来新店空间可能性的实验与探讨。

川久保玲的品牌名字是COMME des GARÇONS，这句法文的意思是"像个男孩一样"。在20年前左右，她第一批系列的店面问世时，都呈现出完全透明、对外坦露内在空间的做法，室内设计与衣服系列的风格相符，整体上有着强烈、极简并似乎不易进入，有如一个个相类同的白色极简方盒子的感觉。

到了约10年前，川久保玲展示店的风格开始改变，每个店各不相同，但同样也都有着一种"移动"的感觉，也就是都有着可让空气自由穿流般的开放性空间，动线清楚明畅易于行走，没有视觉上的阻挡分割，到后期甚至明显可见出大量色彩开始被带入空间中。

而在雀儿喜的这个新店，是川久保玲在这第三个10年期起始时风格转变的新尝试。新展示店位于曼哈顿西22街，在一整排19世纪老旧红砖房子中邻街面的一楼，刻意低调的入口会叫人几乎不留意地走过而不觉察，除了没有自己的招牌外，甚至连原本老旧修车厂写着"天堂般修车"的店招，都还悬挂在入口上方，整个入口的处理手法，呈现出川久保玲极端含蓄又神秘的个人风格来。

在这个由川久保玲的构想所主导的新店风格里，她表示整个用意是在强调"亲密、私密与发现"，她说这是"一家为那些了解川久保玲、那些因为穿了川久保玲的衣服而得到新精力、那些喜欢冒险、喜欢用与常人不同的方式表达自我的人而设计的店"。

她甚至十分清楚而强烈地说："这是一间用来表达设计者纯粹意念的店，是绝对不妥协不委曲求全的。"纽约店的店长日笠美纪（Miki Higasa）女士在与我的访谈闲聊中，形容她们的顾客群是"那些有独立思考能力、敢自己做主的人"，她还玩笑似的说因为穿这些衣服"需要很大勇气"。

来访者由低调街道入口的外面世界，进入川久保玲神秘世界时的转换节点，是一座神秘又迷人、由伦敦的 Future Systems 所设计的铝金属隧道入口。这座在英国船坞定做、有着打磨质感的弧形隧道，是完全由铝金属结构而成的，照明灯嵌在地面的走道向上打射，穿走过时只能看见黑色的弧墙在眼前远处，此外没有任何内在空间的暗示，但是神秘的邀请气氛却蓄势待发，令人深受吸引；整个隧道空间给人一种未来性，好像太空世界般的前瞻感受，Future Systems 设计本案的两名设计师 Jan Kaplicky 和 Amanda Levete 形容这个隧道空间是"一种中介空间，是既不属于白日也不属于夜晚，不完全是室内也非室外的一种空间"。

穿过隧道后，整个约300平方米的空间就豁然开朗地显现出来。白色主调的展示空间里，矗立着一连串独立、巨大、自由的各异造型体，这些由上白釉金属板片组构而成的构造物，自在地在空间里伸展姿态，并塑造出许多迂回难测的小路径，有如在一个完整的大建筑物中又包藏着许多小建筑物，让穿走其间的访者有神秘、私密与不断惊喜的发觉与探索感受，有

川久保玲想借空间表达"亲密、私密
与发现"的观念。

白釉金属板片组构的各异造型体，
自在地在空间里伸展姿态。

川久保玲不只是美学破坏者，更是
新美学的创造者。

如行走在小镇街巷内的奇异空间经验。

每个白色的造型体，其实也就是一个服装产品线的展示架，造型体的中央内部则用来堆存那个产品线的存货，另外在整体空间两侧的墙边，各有一道对比鲜明的黑色大弧墙，一座后面是两间小的试衣间，另一座后面则是工作区域。这些像铝隧道一样各异的造型体，是由长期与川久保玲合作的日本建筑师川崎隆雄所设计，并在日本生产制作再运来，另外由纽约的Studio MORSA负责整个现场施工的监造与协调。

川久保玲对新店走向的整体构想，通常会透过类似与上述几个国际性专业团队的合作方式来达成；她在这家纽约店开幕两个月后，也在东京推出同样新风格的店，而在2001年5月巴黎店也顺利开张。川久保玲虽然已是世界性的品牌，但是事实上日本以外的市场，大约只占到他们1/10的销售额，日本依旧是川久保玲真正的大本营，她在东京的设计总部，目前维持着将近175名工作人员的规模，东京

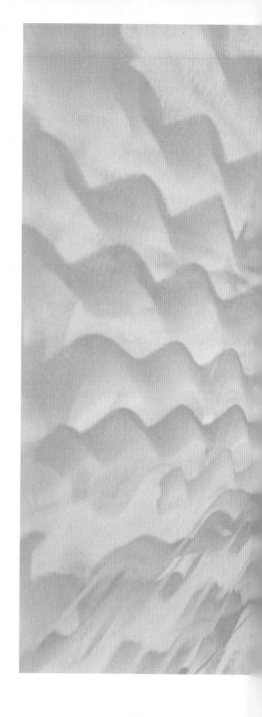

NEW YORK
纽约

由伦敦 Future Systems 设计的
铝金属隧道入口。

的店面常会摆放艺术品，纽约店因不想与邻近的画廊有竞争气氛，反而刻意不特别去设置艺术品。

　　川久保玲很清楚她并不是在为所有的人设计服装，她是为那些敢与她同样走在时代最前端的人设计衣服的，而如何维持住自己永远是浪潮中最前端的水波，是她工作中动力的来源与挑战。这种挑战（也是近乎叛逆的自毁）精神，在她的作品中屡屡可见，例如70年代时她大胆选用当时的禁色"黑"为主色，当时在一场名为"Red is Black"的发布会中，她以《圣经》中对"惧怕"的感觉为构想主轴，以7种不同的黑色来展现她对服装美的看法，并同时来挑战禁忌所能达到的极致。

　　另外她也喜欢用不和谐色来创造冲击感，或是以颠覆世人熟识的价值观为乐，但是川久保玲这样做并不只是一种盲目的反抗与叛逆，事实上她在颠覆之余，会引导出一种全新的、不熟悉的、极端具诗意优美性的新美学价值观来。她不仅只是一个美学破坏者，更是个不断增添美学可能、令人觉得弥足珍贵的创造者。

　　哈佛设计学院在2000年颁授"年度设计优良奖"（Excellence in Design Award）给川久保玲，这是专门颁给非建筑专业背景的其他领域设计人的奖，代表川久保玲在服装设计上的成就，不只在她的专业范围内出类拔萃，事实上也已经产生出跨领域（包括对建筑界）的影响力。

　　川久保玲追求前卫、反主流流行与挑战既有价值观的美学实验风格，与她低调、神秘却坚持自我的个人色彩，有如这间在纽约雀儿喜的新店一样，散发出一种干净、纯粹、浪漫又荒凉的气氛，像灵魂独自安静地在无人月夜下聆听动人月光曲一样，孤独、美丽又令人难于忘怀。

空间塑造出迂回难测的小路径，有着
神秘、私密与惊喜发现的探索感。

NEW YORK
纽约

绿色装置艺术作品前陈列
简单的香水系列。

65

丑美

Ugly
is Beautiful

声势如日中天的雷姆·库哈斯（Rem Koolhaas）在美国第一个正式完成的作品莱赫曼·墨本画廊（Lehmann Maupin Gallery）于1996年10月3日在纽约苏荷区正式揭幕。这个大小约330平方米画廊的面世，最引发世人不解的是，已是堂堂世界级炙手可热的超级建筑师库哈斯，为何还要接这样规模不大、且设计空间有限的委托呢？

画廊合伙人之一的墨本（Maupin）先生解释说这是源于他们的私谊，本来他们只是向库哈斯咨询新画廊空间规划上的意见，后来就自然而然地委托给他设计了。库哈斯的设计极为简单，他以原质无饰的木夹板来铺设地面与天花，并在苏荷传统高挑的画廊大空间中，设置了一道活动的木板隔墙，此外就见不到任何显目的设计手法了。

这样低调的姿态与愿意承接委托的心态，同样引人猜测。库哈斯对此的解释是他认为小空间与大空间在本质上是无差异的，二者都是在做设计，尺度大小与思考无关；而且这个设计他决定以未来所展示的艺术作品为主角，空间只扮演随机性的配角，所以选用容易拆除改动的夹板与活动隔板为主构件，来维持画廊多元易动的未来个性。但他这样的说明，显然并不能安抚整个建筑界因期待而生的失望感受。

为什么库哈斯会这样拿自己的重炮打苍蝇呢？

库哈斯所以决定接受这个设计案，其实与他一贯对当代艺术的关怀与互动态度有着本就是一脉相承的思索合理性（他一直喜欢与其他领域的艺术家跨领域合作），加上他对实验性、非主流价值的边缘艺术也一直有着某种程度的自我认同性，愿意承接一个非过度商业主流画廊（又是好友所有）的空间设计，细想起来的确并非不合理了。

而他在手法上显得谦逊到几乎无为的真正原因，我并不确知。最简单的推想是本来设计空间就有限（预算、理念沟通、时间等），库哈斯的无为而治设计手法虽令期待者有些失望，却也依然没有违背他对建筑许多基本的认知想法，例如使用原始、粗质、非上流权贵、世人熟见的材料，空间属性具有流动、直接、不虚矫特质，并蕴含暧昧的多元重叠个性等等他的一贯信仰所在，都依然在设计中依稀可辨。

美国德州莱斯（Rice）大学系主任拉尔斯·勒拉普（Lars Lerup），曾经试图这样简单描述库哈斯观念的意义所在，他说库哈斯懂得如何与丑陋的现实共存，并试图从中创造出奇妙事物（化丑为美或是以丑为美）；他并不过度眷恋于建筑单体造型美感，反而更想寻求成为现实大环境共同体融入的一部分。

这与他往往从政治、经济、社会与时代的角度来思索定位单体建筑，由宏观视野入手到细微思索的程序是相一致的；成长于西方社会最具社会主义理想色彩的20世纪60年代的库哈斯，对目前世界的现状，绝非是歌咏或是满意的，事实上他在书写中常会对现存世界（尤其是西方文明）有深刻尖锐的批判，但库哈斯在设计建筑必须面对这样千疮百孔丑陋的现实世界时，却又以不犹豫且无惧的态度坦然接受这一切，例如那些蛇状盘行的高速公路、弃置的火车站、都市的灰暗边缘空间，都是他在注视都市时首先跃入视野并扮演塑造他都市设计与建筑风格的决定性力量所在。

库哈斯基本上是20世纪现代建筑长期以来少见的能以诚实无惧态度面对社会真实现状的嘹亮新声音；在他之前的现代主义诸大将面对现实社会时显得有些清高离世，似乎有红尘不染的洁癖姿态，而随后的后现代主义群雄，虽然决定跃身与现实对舞相呼应，却选择了以历史糖衣包装商品的不痛不痒的手法，令人对其究竟是在卖笑或是卖身混淆难分，也自然难于给予任何诚恳的敬意了。

库哈斯对于现实环境的不拒不离，甚至勇于投身去改造的态度，使他有着迥异于前人的身姿；以他对资本主义架构下的商业形态为例，他虽未必赞同这样的价值系统，却也一样保持着勇于投身尝试的态度，正在纽

高挑空间以原质无饰的木夹板来
铺设。

约、旧金山、洛杉矶三个美国城市，同时着手进行设计的Prada服饰店设计案中，他除了有着一贯对建筑材料实验的风格外，也大量与当代科技有所互动，例如试衣间里有数码影像自我投射银幕、室内有可随着户外自然光线调整内部氛围的灯光系统，试图塑造出传统名牌服饰店高尚华贵之外类似剧场风格的气质，而他设计的这些购物空间，实质上还提供展览与表演功能，以与目前文化与商品间交混的大趋势相呼应。

擅长打着红旗反红旗的库哈斯（他的空间坦率直接、强势但不霸气，常在作品中蕴含着经由自我反思后对作品现实环境背景的批判，但是语音幽微含蓄不易察见），正同时也带领着他在哈佛的学生，对商店文化做一系列深入的思索与探讨，他以现今社会的商店文化现状作基础来设计Prada店，直接但也婉约地在空间中提出他的声明。但可以预见的是，他对商店与资本主义的思索绝对不仅于此，我们绝对可以拭目以待他后续对此议题在设计与书写上的声音。

如今极受世人瞩目的OMA（Office for Metropolitan Architecture），事实上是库哈斯早在1975年就创立的；他在整个80年代惨淡经营，甚至在财务上面临极大危机，直到90年代才逐渐有所转机。他如今分析认为是因为自己的思想在80年代本来就是难以被接受和生根，因为在当时后冷战的里根时代里，未来繁荣景象被过度虚妄地夸大，许多不切实际的大项目，被开发商以狂热宗教情操般的态度渲染并执行，一直要到90年代经济幻象破灭，建筑才逐渐回归到企图心虽显保守，但也比较真实并具思考性的正途上来，而他也才有机会一展身手。库哈斯十分喜欢在文章论述中以现代亚洲都市为例，来讨论当今的西方建筑与都市观念，这固然与他幼年时（8—12岁）曾经居住印尼的个人经验有关，事实上也是他想借由援引他种文化的异质价值，用以批判西方长久以来的一元主观态度。他对东方城

活动的木板墙，成了塑造空间的
主要角色。

市与文化的引用，有时固然显得不够深刻，有些容易流于表面图腾化的问题，但他对当代亚洲建筑的许多观察与看法，还是有其深刻发人深省处。

他认为整个亚洲目前与80年代的欧洲相类似，二者都是急于想要寻找出自己的新面貌定位；他常以极严厉的态度来批判中国大陆，他对上海（与所有中国城市）盲目模仿美式摩天大厦的态度极不以为然，因此也拒绝了许多大陆项目的邀请；他认为这种只在形貌与数量上拼命模仿却不在都市生活的意义与精致度上下工夫的方式，是会对未来中国的都市具有长远伤害性，也是绝对会令后人恼悔的。

库哈斯对亚洲都市行为活动生态的有机性却极为激赏，他认为这种无确定形貌、无明确定义公共空间的活动行为模式，可以随时有机地塑造都市空间，与目前西方都市的模式大不相同。西方都市空间所强调的单一固定完整性，相对于东方的随机偶发性，在他看来是十分乏味无趣的。

他也不认为目前的全球化风潮就必然会导致世界成为单一价值标准；他认为一样的种子种到不同的文化土壤里，自然会发展出不同的独特生态风貌来。他举大地的土壤为例，说如果刮拨开表层土壤，并不会得到纯粹无瑕的土地，因为土地里蕴藏着刻画前人历史记忆的记录，不是纯然无物的处女净土，自然也不是那么容易被消抹拭去。

库哈斯不仅是当今以建筑设计来引领时代走向的舵手级建筑师，他对时代大环境以宏观（政治、经济、社会、文化）的角度所提出的看法，具有对人类共同情境的宽广思考意图，也常常一针见血撼人心脉；像他这样能以建筑实务与书写来共同完成建筑，并同时带领时代风潮的建筑师，实在是当代也是历史所少见的。

因此库哈斯绝对是当代建筑界的希望所在之一，因为他呈现的建筑不只是一种实践，也是一种思考。

库哈斯喜欢用原始、粗质、熟见的材料，来表达空间的多元重叠性。

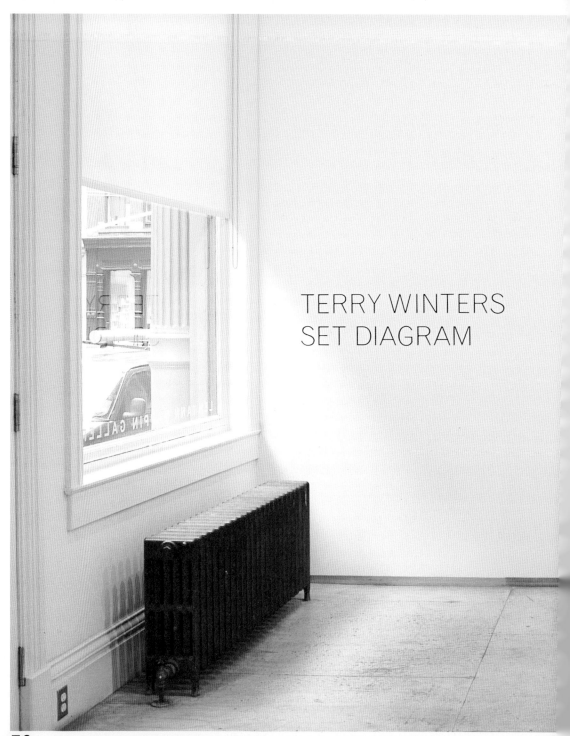

TERRY WINTERS
SET DIAGRAM

逸出
规范之外

78

在20世纪90年代以主导哥伦比亚大学建筑及设计研究所方向而受瞩目，并在更早的1982年便在巴黎拉维莱特公园（Parc de la Villette）竞赛方案获胜、一鸣惊人的年轻又才华洋溢的贝纳·屈米（Bernard Tschumi），1999年在哥大校园推出了他在纽约的代表性作品：阿尔弗雷德·勒纳（Alfred Lerner）学生活动中心。

这个作品并不像拉维莱特公园一样，马上为他赢得了几乎全面性的好评，反而引发了许多不同的争议性观点。屈米运用在拉维莱特公园的"21世纪都会公园"观念，为巴黎这个占地125公顷、位于城市东北角，原本是屠宰中心的公园规划方案，提出与试图在城市中再现自然传统大异其趣的想法；屈米无意为都市再造一个避世的乌托邦，反而将都市现实文明活动引入公园内，将真实的都市情境与自然环境相结合，成功地提出了具有划时代意义的新公园概念，并为他自己奠立了国际性的声誉。

在哥大学生活动中心方案中，屈米决定对于1890年由麦金、米德与怀特事务所（McKim, Mead, and White）所完成的哥伦比亚大学校园整体规划设计构想采取尊重的态度。这包括在配置上延续对称主轴、并以每两栋建筑体来建构出一个个虚体中间庭园的观念，以及对整个百老汇大道沿街校园立面（长度近乎一公里，已经有着严谨规范，例如墙面飞檐线、花岗岩基座与红砖材料使用的既存立面），采取遵循而不违逆的态度。

这与他设计拉维莱特公园时对传统所持的挑战（旗帜鲜明的色彩）大异其趣，在GA杂志对他的专访中，他对为何如此遵循规范的态度有所说明，他说：

（规范）是一种因袭下来的规则，因为有这样的规则，使我们能够顺利地运作许多事情。当然其中也有很多例外情况，例如会有中介

(in-between)状态的发生，原始规划中希望在每两栋建筑体间做出虚体空间，因为我对虚体空间非常有兴趣，便想利用人体在建筑内的移动性，来做出一个非常特别的虚体来。也就是说这虚体是人在建筑物内的移动处所，这虚体也是赋予整栋建筑活体动力的源处。

屈米所宣称的这个中介性（in-between），就是夹杂在规范与逃逸之间的暧昧不明状态，屈米既想遵从规范又想逃逸自由，于是整个作品便呈显出一种在两者间张拔的痕迹来。屈米也在许多不同的场合里表达出他对这样互不相容事物并存时的好奇态度，他甚至用"迷恋"来形容这样的感觉。

屈米的父亲是留法的瑞士建筑师，母亲则是法国人，他成长的背景也就交错在两个国家之间；他年幼时兴趣偏重在文学与哲学上，对文化与理念的思考都极有好奇心，16岁时他到美国做了一年的交换学生，这段经历使他决定做一名建筑师，他这样叙述那段自我经历：

那年冬天我到芝加哥，打算去看沙里宁、理查森（Henry Hobson Richardson）、赖特和密斯的建筑，顺便探访这个城市，整个经验非常的美好。我记得在当时最高大楼普丹修保险大厦（Prudential Insurance Building）顶层上眺看，整个城市在风雪中显出极美丽的暗红色，我在那一刻就决定要做一名建筑师，而我的父亲也在那之后的一个月就离世了。

屈米后来回瑞士的ETH就读，1970年他到了伦敦的AA教书，那两三年间AA还聘请了包括库哈斯、曾西里斯（Elia Zenghelis）、克里尔（Leon Krier）、李布斯金（Daniel Libeskind）等人，那时候的伦敦聚集了许多后

玻璃坡道同时扮演结构桁架功能，
用来支撑立面玻璃帷幕墙。

使用性的混合多样将是未来趋势。

NEW YORK
纽约

来都具影响力的建筑人。在1976年他搬到纽约，1982年便以拉维莱特公园竞赛方案得胜受到注意，之后也开始在哥大教书，并于90年代中期取得哥大学生活动中心的设计权。

这个有着约22500平方米面积的学生活动中心，包含有表演厅、餐饮区、休闲厅、交谊厅、书店、广播电台、学生社团和电玩间、行政中心、剧场、6000人的邮政信箱，以及供学生使用的电脑设施；屈米将这些活动分别安置到面临百老汇大道的八层楼高、与面校区的四层楼高的两栋长方建筑体内，因校区地面高于校外半层，两栋楼间的联系，便十分自然地以坡道来完成了。

屈米认为活动本身的冲突与不可预期性，往往能带给建筑空间一种意外的可能，将各样非必然同质的活动，环绕在他称之为"枢纽"（hub）的虚体玻璃坡道空间四周，让人的移动性与活动间的交叠冲突性自然地在对外呈现玻璃体的坡道上发生，并将这样流动的力量性，袒露给校园中轴广场上的其他人。

这也十分真切地反映出屈米所相信建筑的意义是源自空间内事件发生的观点，以及反映出他所说的"以流动代替地点，以力量代替造型"（flows instead of places, forces instead of forms）的看法。

面对百老汇大道的八层楼高的建筑体，为了延续整个近一公里校区立面的整体性，屈米十分严谨地依循既有立面的规范，无论在飞檐线、花岗岩基座与红砖材料上，与百年前的建筑物几乎都采取同步的建筑设计手法，除了因为新近才完成显得较鲜明些外，乍看上去，几乎难以辨认其间的差异。

被屈米视作作品的"逃逸"的地方，也是他在作品中真正想发挥的地方，自然就是他称之为"枢纽"的虚体玻璃坡道空间。这三座以金属与玻璃搭建而成的坡道，事实上也扮演着结构桁架的功能，借由搭跨在两翼长方体建筑物与悬吊在上方的支撑，建构出一个可以支撑玻璃立面的结构系统来。

这部分的工程是由法国的埃菲尔（Eiffel）公司承担，这个公司就是承做埃菲尔铁塔与自由女神像的老牌公司，近年来也积极参与一些具有很高知名度的工程案，例如卡洛特拉瓦（Santiago Calatrava）在法国里昂的高速列车车站和日本关西机场的部分工程；埃菲尔公司对于作品这部分工程施工的准确性及优美度都令人欣赏。

屈米在回答GA杂志的访问里，提到他认为未来二三十年的建筑发展，必会以对使用内容，尤其混合使用的社会多样性功能，以及对科技的追求，包括施工技术与电脑技术的讨论为主轴，这二者他在作品中都有触及。

但是屈米在这个作品所欲强调的对规范与逃逸的兼顾，也最终成了整个作品最令人质疑的问题所在；对街道立面传统规范的过度遵循，见不到反映出对自身时代的观点，也没有对历史所交续下来命题的反省与再诠释，应对手法虽可——对比列举，但是建筑应当具有的个体生命性则荡然无存，仿佛只是交差似的与历史做一场沉闷乏味的对话（与模仿复制），教人觉得惋惜。

而坡道玻璃体部分的逃逸性格，相对于长方建筑体对规范的尊崇，就显得有些一厢情愿地放纵，对校园内部肌理缺乏观察与个人看法，也看不出对校园个性做对话与沟通的意图，自我沉迷于某种美学自恋的尝试中，在新与旧、历史与当代之间，没有衔接与转换的迹痕可寻，虽然屈米自己宣称这个作品是用来对麦金、米德与怀特百年前总规划案的敬礼，但整个作品其实见不出真实动人的谦虚敬怀态度。

作品其他地方，例如坡道所导致的动线冗长不合理、其结构系统显得刻意牵强、活动内容没能产生互动性，都暗示着屈米在所谓的规范与逃逸

人的移动与活动性，扮演空间的
主要性格。

之间，似乎还没能找到自己的定位点。因此一方面显出小心翼翼的保守性，一方面又显露出设计者自我放纵的任意性，收与放之间未能有和谐的融洽感，尤其内在活动的活泼多样与外在立面的呆板沉闷，更可以见出整体建筑的矛盾性格。

屈米在哥伦比亚大学校园内的这个设计案，从一开始就备受期待与瞩目，一方面是因为基地所在是作为美国教育重镇的哥伦比亚大学，另外则是建筑界也以好奇的目光，等待屈米推出另一代表性建筑作品，他在这样的压力下，似乎就显得有些进退失据，甚至显现出有些过度理性与感性飘逸迷人魅力的不足了。

不过无论如何屈米仍只是属于中生代新兴的建筑师，他依然有足够的时间与机会来证明他的未来位置当何在，一次失败的尝试，也许就是另一个成功个案的出发点，让我们继续拭目以待吧！

虚体是人在空间内的移动处，也是赋予建筑动力的源处。

88

G.Phillip Smith & Douglas Thompson

菲利普·史密斯和道格拉斯·汤普森

居大城
弹小调

A Dream Oasis
in Manhattan

大概每个建筑师都有一个同样的梦，就是希望能在自己喜欢的基地上，盖出一栋自己梦想的房子，因此既可以在里面居住生活，也可以在里面工作。在纽约雀儿喜（Chelsea）的一个路口，建筑师菲利普·史密斯（G. Phillip Smith）和道格拉斯·汤普森（Douglas Thompson），就是少数可以把这个梦想在那儿真正实践出来的幸运者。

远在雀儿喜逐渐吸引画廊、餐厅与设计公司迁入这个区域前，史密斯和汤普森在20世纪80年代中期，就已经被这块当时空旷的基地所吸引了。他们当时在假日常一起骑着自行车，穿行在曼哈顿的大街小巷，看能不能见到让他们心动的空地，一个周日早晨他们沿着西23街往东骑着，在与第10大道交口的地方，他们注意到了这块空着的土地，史密斯说当时他们对这块地是一见钟情。

打电话去问时发觉已经被人用5万美金买走了，他们虽然觉得失望，但对这块有着浓厚蓝领色彩、住商及工厂混合使用的环境的基地依然兴趣浓厚，便留了电话给土地掮客，表示万一有一天这地又要卖的时候，一定要通知他们。

3年后这块地又被放在市场上销售了，史密斯和汤普森这次没有错过机会，立刻买下这块地，只是付出比上次高3倍、共20万美圆的代价。之后他们花了10年的时间，慢慢筹划设计并筹措费用，终于在1997年先完成了总共将近5000平方英尺、两层楼的画廊空间，并将之租出去；然后再将三楼的事务所、四楼局部的住家与露台空间，在之后的两三年间慢慢地搭盖起来。

史密斯和汤普森是在学潮蜂拥的60年代、同在哥大建筑系念书时相识的，毕业时两人都获得奖学金，得以分别到国外去工作进修。史密斯当时远赴印度，为曾是柯布西耶得力助手、现今也是世界知名的印度建筑师柏克瑞斯纳·多西（Balkrishna Doshi）工作，他叙述当年在阿马达巴德

西 23 街立面由暗酒红色钢板组成，
简洁优雅也不突兀。

工作室尺度亲切宜人。

（Amadabad）城工作的经验说：

> 多西的办公室坐落在繁忙的都市环境里，但是因为有个内庭，使人
> 由纷扰街道走进屋内时，会有好像突然进入一个平静、神奇环境的感受。

之后史密斯还到日本为桢文彦工作过，他对桢文彦如何以留白空间及善于运用视觉穿透性来应对粗糙街道环境的手法，也同样的印象深刻。

因此一开始他们就都决定要有一个作为留白与转换空间的内庭，一则用来应对显得粗糙的都市环境，二则提供一个平静的内在空间。另外他们曾在一本书上看到的一座开罗传统老房子，一样给了他们许多启发；汤普森这样描述那座房子，他说："那房子在平面与立面上，都充满了极度的丰富性，整个建筑在视觉与空间上，都有着多重层次的趣味。"

他们最后的设计方案，与这座开罗老建筑有许多相似之处，例如都是有着开放庭院的L型平面，各种私密、开放空间，阳台与多层次露台都环绕着中庭空间发生。汤普森说他们是想将20世纪的现代主义与他们在旅游学习中见到的各种不同文化里丰富且生活化的想法相结合。

他甚至还开玩笑说，他们最早其实只想买一辆拖车停在基地上，然后挖一个游泳池，任何时候觉得烦了，就只要把拖车走走，就可以去到别的地方，既简单又清爽。但后来比较具体的方案慢慢因应对现实状况而成形了，他们首先决定在外观上对塑造曼哈顿格子状强势直线街道的性格采取尊重与维系的态度，并以两层楼高为临街高度，以与整条街道的天际线做呼应。

另一个从初始就有的考虑是财务计划。

为了省钱，除了设计监造外，他们还自己担任统包工程的工作；像环围两个街的面墙所用的钢板，就是他们不断搜寻不同钢铁厂产品后，最后

才找到这家来自宾州、有些暗酒红色质感的材料的。他们直接使用这种冷轧钢板出厂时的尺寸（10×20米）为施工模距，以节省用料的耗损费用，整个切割、运送与现场组装，都有事先严密的计划，使人力与时间都能有效率地控制；他们还在完工的钢板墙上刷上一层石蜡，一方面用来防止钢板继续腐蚀氧化，同时也有防护被人涂鸦的功用。

先完成的一二楼空间，正好配合苏荷区的商业观光色彩越来越浓，许多知名画廊越来越觉得格格不入而纷纷迁离苏荷，搬往渐具知名度的雀儿喜的时候，所以立刻顺利租给了两家不同的画廊。史密斯和汤普森也利用这笔出租的收入，作为继续他们下一阶段给自己家居及工作使用部分的工程费用。

整座建筑远远看去所见到的两片黑褐色钢板墙，相对于在纽约为了安全顾虑惯见的厚重石墙与狭小入口，就尤其显得似乎有如薄纸一般的轻而单薄了，要一直等到走近前看时，才会突然感觉到这半厘米多厚的钢板实际上沉重坚实而非轻盈薄透的质感。相对于围墙的深重颜色，白色为主的建筑体，就显得活泼具多样化的丰富性了，由不同方块体堆叠而成的形体，使建筑体看起来生动不显笨重，在实体与虚体间，也有着巧妙活泼的节奏韵律感，其自由的组构关系，同时暗示这个建筑物未来继续生长的多样可能。

穿过钢板墙的围篱，就进入到显得十分安静，甚至有着寂然禅意的庭院了。外面繁杂扰人的市街虽然依旧是在咫尺之外，但同时也似乎令人觉得忽然已远离了。一块钢板的高处被刻意地切出一个圆弧开口，以让那棵原本就在这里的路边树木的枝桠可以继续地自在伸展，设计者的巧思与体贴昭然可见。

三楼事务所内的空间都有清晰明确的使用定义，让人觉得条理分明应有尽有，大空间的工作桌还可以折收入墙里，让有着壁炉与小吧台的这个空间，夜晚时可以成为舒适宜人的起居室；空间内的视觉景象，主要被导向街

东向与南向街景，有如框景般入目。

北向天窗带入愉悦的室内光线。

各层空间呈现视觉的丰富个性。

通往夹层卧房与入夜可作起居室的
有壁炉与小吧台的空间。

道与天空两个方向，垂直墙体实虚面与使用私密关系的巧妙互动，使街道好像有着框景般效果的连续舞台。各样天窗的使用，不但提供大量明亮且令人愉悦的光线，更能够在不同的空间里都见到片段图画般停留眼前的蓝天。

起居空间上方，悬吊着一个睡眠的夹层空间，屋顶上将继续盖出一间只有四面墙、没有屋顶的"望天屋"；三楼和四楼都有着舒服的露台，既可眺望蓝天与街景，也可小坐晒晒太阳。这栋建筑在繁忙的纽约大环境里，显现出一种少见的缓慢悠闲情调，它以自我愉悦的速度，渐次地、有机地依自己真正的需求生长，没有一般仓促设计程序下易见的专断、不体贴态度，也有着空间与基地环境和谐的共舞默契。

整个空间有着如同史密斯和汤普森本人一样，接触时显出安静优雅的平静气质。对生活与工作在这样的环境里，史密斯举他在日本时听说有关禅宗的说法来作解释，他说："真正懂得生活艺术的人，是能使工作与休闲没有太大区分的人。因为他做的每件事都同样在追求完美，至于其中何者属于生活，何者属于工作，他就留给别人去决定，他自己是不做区分的。"史密斯和汤普森也许仍然不是世界著名的建筑师，但他们以自己的生活来实践建筑的态度，仍是令人不能不觉得佩服；他们谈吐进退的从容优雅，也让人相信即令繁杂若纽约这样的大都会，只要懂得营造自己内在平静的空间，就算是身在十里洋场，也是可以筑出自己梦想的绿洲的。

世界的
十字路口

Crossroads of
the World

在这新世纪初始之时，娱乐业早已经是人类最重要的经济事业体之一了，娱乐业透过各样媒体：广播、电视、电影、录像、录音与网络等，环环相扣地与我们每日的生活联结在一起，相互关系紧密难分；而如果我们要指出整个20世纪最著名的世界娱乐中心，那无疑一定就是纽约的时代广场了。

时代广场这名称，是因为纽约时报总部于1904年4月9日正式迁入由42街、百老汇大道、第7大道所围合的三角形区域后，才被正式命名的；整个时代广场在20世纪经历过几番起落改换，尤其是从60年代到80年代这段时期，色情、毒品与街头犯罪的威胁，几乎已成了时代广场的同义词了，整个区域也同时面临前所未有的衰败萧条命运。

1984年纽约都市发展组织（New York State Urban Development Corporation，简称UDC）推出了一个再发展计划，在环绕时代广场整个约13公顷的范围内，计划盖4栋高层大楼，恢复剧场活动并在第8大道上加建旅馆与购物中心，宣称要"收复"这片犯罪与堕落中的失土；但这一计划以及包括由菲利普·约翰逊（Philipe Johnson）设计的办公大楼，都在当时遭致许多批评与非议，整个计划因此悬置几年，而80年代末期美国经济的不景气，因办公大楼无需求性，使这个方案更显得不切实际，于是整个计划就此正式胎死腹中。

UDC在1993年再次提出一个听起来显得急切而失去耐心的计划叫"42街立即行动！"（42nd Street Now!），这是个可以短期立即改造的计划，主要想创造一个多元性、可以混合购物、饮食、旅游景点与娱乐业的都市环境，以吸引开始衰退的观光人潮；方案的构想中，新旧建筑交织在并列、层叠、丰富的发光广告看板之后，发展小组认为发光招牌事实上是时代广场最主要也最具吸引力的观光景点之一。

这一短期计划却招致意外的成功反响，迪斯尼企业集团首先在1994年

宣布将进驻时代广场，纽约市政府也通过自1996年秋天起新的使用分区规定要求住宅、教堂、学校、色情相关行业都必须自这个区域迁移出去；于是6家大型连锁旅馆立刻积极布点，其他包括MTV、SONY、维京唱片等重量级的公司，都纷纷加入投资的行列，时代广场的面貌也灰姑娘般一夕骤变。像迪斯尼这样的企业集团决定进驻时代广场，固然是时代广场浴火重生的关键因素之一，但迪斯尼企业的都会娱乐主题公园个性，也同时引发了一些争议、疑虑与思索。

但有如浴火凤凰再生的时代广场，整个转变的成功也要同时归功于由当地商家与社区领袖组成的组织，这组织的目的在"确保社区环境的清洁、安全与友善"，他们自费提供清洁与安全人员来维护环境，并增设路灯、强化舞台剧场的吸引力，使整个区域能以良善的新意象面对世人。

在20世纪初，美国的都市开始意识到城市是可以吸引旅游人潮的，美国各大都市竞逐争办1893年的世界博览会，就是对其潜藏旅游商机认知与争夺的明证。当时世界大城市正同时有一股互较长短的风气，在这样的大型展览场中，美国人借由完善的规划与优美的景观设计，初次意识到自己的都市也有可能与欧洲城市一较高下，都市规划师则同时大力推动都市美化运动，强调美化后的都市可以使市民行为端庄、有荣誉感，增强政治道德水准、房地产价值与商业效率，当然还能吸引观光客，很多美国城市在当时这样的思维下，认真地盖了大批堂皇的政府建筑、博物馆与公共广场。

这样经由游乐场的完善规划来满足对城市幻象与期待的现象，在纽约因为有着相邻的以游乐场闻名的科尼岛（Coney Island）而特别显著，纽约市民在假日可以轻易地经由布鲁克林桥到达科尼岛，立刻脱离现实的繁杂纠扰，进入一个避世的娱乐世界中。

科尼岛与纽约的关系长达一个多世纪之久，20世纪初一个曾是建筑

NEW YORK
纽约

系休学生的娱乐界商人汤普森（Frederic Thompson）与他的合伙人在科尼岛筹建了第一个真正的主题游乐园——月球乐园（Luna Park），这个以月球之旅为主题的游乐园，其实正犹如一个封闭完整的小型城市。汤普森自己设计了许多混合文艺复兴风格与东方风味的塔状建筑，提供玩乐、表演、饮食与消费的设施，他称这样风格的建筑为"游乐式建筑"，目的是要鼓励人们能够尽情放松与享受。

月球乐园开幕当天涌进了6万人，国庆日周末甚至有将近25万人出入，汤普森不断增加高塔的数目，在处于巅峰的1907年甚至有1300个塔，夜里的屋顶由上百万个灯泡所串出来的天际线，可以绵延出数公里长灯火辉煌的视觉景观来。

由于月球乐园的成功，汤普森和他的合伙人决定在时代广场设立一个大型巨蛋（Hippodrome）剧院，这个在1905年开幕有5200个座位的剧场，经营理念是想取法当时正时兴的百货公司，也就是提供多元丰富的服务，让

时代广场在20世纪60到80年代曾是色情、毒品与街头犯罪的同义词。

各阶层的顾客都可同时购物，打破阶级划分性，争取以中产阶级为主的最大量顾客群；巨蛋剧院整个街廓长的立面完全由电子看板组成，犹如一长串灯光的视觉缤纷火海，这样强烈的视觉风格，也奠定了往后时代广场整个世纪有经典地位的电子看板招牌的视觉性风格。

迪斯尼进驻时代广场，事实上让人立刻与这个在百年前改变了时代广场命运的巨蛋剧院相联想，如同巨蛋剧院一样的，迪斯尼（和其他大型企业）也是想从时代广场一年2000万游客身上取得最极致的利益，而整个20世纪（尤其是过去30年）购物与娱乐有渐趋交混的倾向，标准迪斯尼式的经营似乎正吻合时代广场的需求趋势，迪斯尼式建筑折衷混合传统、当代与未来想像的风格，似乎也与时代广场的大方向不谋而合。

20世纪初期的时代广场，就已经是蜂拥着夜总会、剧院与旅馆，早已是昂贵独特的旅客集中区域。整个世纪的发展，也一直与市场、政策和时代趋向紧密相关，例如商业、色情、毒品、剧场表演等等，都可以在时代广场发展的历史中读出其兴衰始末缘由。

时代广场能重新跃上国际瞩目焦点，的确可以叫人从许多角度来省思其意义，一个都市空间如何随时代脉搏共俯仰生息、如何在衰颓危亡之时重寻生机、如何认知并定义自己的确实个性与位置，这些议题都是在时代广场华丽的表面下耐人寻思的深刻思索性存在。

至于有关迪斯尼企业集团角色与时代广场个性相符与否，至今仍争议不断，虽然由时代广场的发展历史，似乎可证明迪斯尼现今存在时代广场的历史合理与必然性，但也许对那些与纽约感情浓郁难解的老纽约人而言，不管怎样的必然与合理，也未必能取代他们对时代广场在漫漫记忆时光中的真实感受的。

建筑交混传统、当代与未来想像的
风格。

从 90 年代中期起，时代广场在市政府
与企业界及社区领袖共同努力下，脱胎
换骨一夕风貌骤变。

NEW YORK
纽约

购物与娱乐有渐趋交混的倾向。

发光霓虹招牌是时代广场最吸引人的
都市景观卖点。

CHICAGO
芝加哥

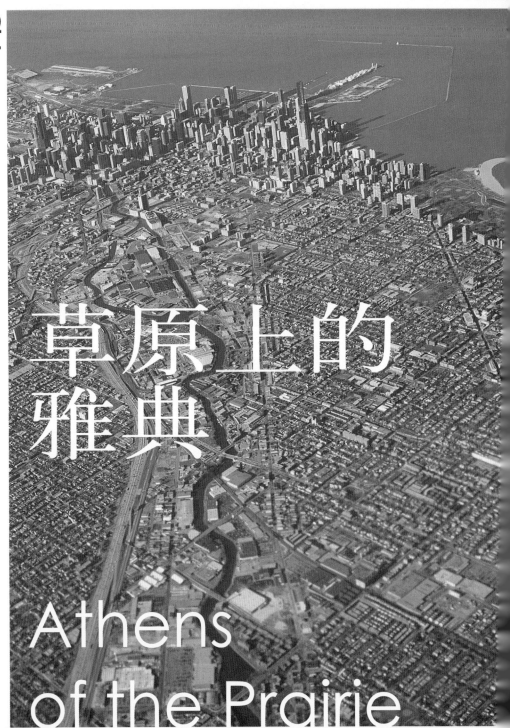

草原上的
雅典

Athens
of the Prairie

1871年芝加哥的一场滔天大火，把这座正迅速成长于美国富庶的中西部谷仓的新兴城市烧成一片灰烬；但是这灾难事实上也为日后迈入20世纪、成为重要的高层建筑代表城市的芝加哥预铺了重新发展的锦绣坦途。

芝加哥在它开始集结成形的1830年左右，人口大约只有3000人，40年后大火时，已经有30万人了，1890年时约100万人，到了1930年时，则有300万人口了。这样以惊人倍数级速度成长的城市，在历史上几乎找不到可以模拟学习的发展模式，这场大火烧毁了整个城市，同时也给已预见这样成长性的芝加哥一次完整地重新规划整个都市的机会，更提供了大量的建筑设计机会给世纪之交百业兴盛、当时许多急于想一展身手的建筑师们发挥的机会。

负责规划新芝加哥城市蓝图的是丹尼尔·伯纳姆（Daniel H. Burnham），他当时所规划出来的有关公共建筑位置、芝加哥河上的铁桥或是公园绿地等等，都还是塑造现在芝加哥城市个性的重要因素；而由他以及当时其他的建筑师，例如沙利文（Louis H. Sullivan）、洛特（John Well-born Root）、赫拉柏德与罗屈（Holabird and Roche）、杰尼（William LeBaron Jenney）等人所设计完成的大批新建筑，也是20世纪初重要的建筑遗产，尤其对于早期商业与工业性高层建筑在面对实用性议题上，以及造型风格语汇的处理上，都显示出了后续对整个20世纪全世界的重要影响力。

在芝加哥城市风貌上有着显著地位、由整排精致优雅高层建筑临湖形成的密歇根大道（Michigan Avenue），就主要是在当时设计架构而成的；密歇根大道的建筑物与湖岸间广大的滨湖公园，事实上也是用当时火灾余烬填湖而成的新生地，这块土地开始虽为铁道所占用，但最终还是成为市中心步行即可及的最佳亲水绿带公园。

由空中鸟瞰芝加哥。

芝加哥在现代建筑史上的位置，可能是在其所扮演对20世纪高层建筑发展演化所具有举足轻重的角色地位。早期高层建筑所诉求立面上的三段性个性（也就是接近行人尺度约两三层楼左右高度的基座，必须强调其精致细部与尊贵材料品质；中间的主要楼层部分，则强调其清晰简洁个性；至于建筑的顶部，则必须呈显出繁茂丰美的天际线视觉品质），这种对高层建筑最早的规范雏形，在芝加哥的新旧建筑上，都是屡见不鲜极易见证的。

位于芝加哥河北岸密歇根大道上的论坛报大楼（Tribute Tower），也是遵守着这样规范同时又极为吸引人的杰出建筑之一，但这栋建筑对现代建筑的发展，还有更重要的意义，因为在1922年所举办的这个建筑的国际竞赛，吸引了当时欧美新旧派建筑师们共同的注意，最后虽然得奖作品是显得较保守复古的哥特式风格建筑，但参与竞赛的方案中却有极端现代的作品（例如现代主义大师格罗皮乌斯的设计方案），这样的作品风格虽未得奖，却引发社会大众对高层大楼究竟应不应脱离古典风格的思索与大争论。因此虽然得奖作品具有复古倾向，却也因议题的争议与公众化，反而宣判了这一复古风格后续发展的死刑，并确认日后长时间以现代主义风格为高层建筑主流的新趋势。

而自经济大萧条之后到第二次世界大战末，整个芝加哥现代建筑的发展有着很长的一段停顿期，战后第一栋令人目光一亮并具时代突破性的建筑，大概就非SOM所设计的内陆钢铁大楼（Inland Steel Building）莫属了；这栋盖于1957年的办公大楼，将垂直服务空间完全集中在封闭的方形体内，以允许长方形办公空间有着最大面积的采光面，并将结构柱子拉出于建筑物外缘，让平面内无柱子阻隔、可自由区划使用，这些空间与平面上突破性的观念，加上整座建筑极简洁优雅具现代感的外观，使这座至今已逾50年时光的建筑，不管在面对芝加哥其他过往或现在的建筑时，依然

芝加哥是 20 世纪高层建筑发展的
活体博物馆。

造型独特的住宅与停车场及商业
空间共存的大楼。

CHICAGO
芝加哥

一点不见逊色。这个建筑也是我个人认为是长久视芝加哥为后院、各类作品无数的SOM在芝加哥20世纪的真正代表作。

提到20世纪高层建筑，就不能不提到另外一位以芝加哥为基地的重量级现代主义大将密斯（Mies van der Rohe）。密斯在1938年接受伊利诺理工学院（IIT）建筑系主持人聘职而迁住芝加哥，他所带来的对于理性清晰与知性秩序的观念，对后续现代主义影响极为深远；他在芝加哥的重要作品除了在IIT，大半建于40年代间的校园建筑外〔以钢骨大桁架悬吊屋顶板的克朗楼（Crown Hall）为代表〕，1951年在北边的滨湖大道860号公寓，以及1964年在市中心区的联邦中心（Federal Center），都是密斯在芝加哥留下的重要建筑遗产。

密斯提出的"空无"（nothingness）建筑观，除了赋予使用者最大自由使用空间的可能（大部分空间内无任何固定强制使用机能的摆置），似乎也同时显现出一种建筑师自身隐没的谦虚；这种个性与另一位以芝加哥为大本营的大师赖特所服膺的机能与造型必须密切吻合的原则，以及建筑物具有强烈有机性的性格，因为大异其趣而彼此间生出争论。

赖特事实上曾在欢迎密斯到芝加哥任教的晚宴上，发表过极温暖诚挚的欢迎辞，但也在日后对"国际主义"式样的争议中，发表过极端对立甚至带有攻击性的言论，他说："国际风格乃是极权主义……这些包豪斯的建筑师们已由德国的政治极权主义，经过外表上的改进，而将他们自己看作是美国的艺术极权主义了。"①

这样的争议与反对声音，事实上无法阻止这一波以密斯为首的"国际主义"风格以芝加哥为中心在美国的发展风潮；芝加哥之后就由SOM为接棒者，继续对此类钢骨与玻璃的建筑美学，提出一系列延续的实践作品，

①见《赖特与凡德罗》，台湾台隆书店出版，第76页。

例如极有密斯风格的达理中心（Daley Center），与分别盖于1970年左右的80余层的汉考克大厦（John Hancock Center）与110层摩天大楼世纪代表作西尔斯大厦（Sears Tower），都可视作这波密斯风格现代主义建筑的延续发展。

这股风格在80年代就遭受到后现代风格的强力挑战，其中尤其以来自德国的贺蒙·杨（Helmut Jahn）最具代表性，他在芝加哥奥黑尔（O'Hare）国际机场的乘客登机站方案里，将结构肌理美学与后现代风格交混，颇受当时舆论的好评；但是他另外位在市中心古典风格市政大楼与现代主义代表作达理中心旁的汤普森中心（James R. Thompson Center），就没那么幸运地遭致极端两极化的评论反应了。

这栋多用途的开放性公共建筑，除了在应对冷暖气与隔音机能效果上被广泛批评外，建筑美学上与芝加哥整个世纪的历史风格失去对话与延续性，并模仿跟随东岸主导的后现代风潮，使芝加哥明确沦为建筑美学发展的追随者地位，丧失其整个世纪一直具有的自体发展的领导个性，也是使得对自身建筑长久以来一直有着强烈骄傲感的芝加哥人所不能忍受与必须面对的现实景况。

芝加哥在20世纪所展现的建筑多元丰富性，使它几乎已经像是一座活的现代建筑博物馆，只要沿着城中心的道路行走，过去百年间建筑演化的各样面目与许多著名的代表性建筑作品，都会在不觉间就跃然眼前，在惊叹科技与经济力于此世纪衍生建筑丰硕成果的结晶外，也会偶尔让人不得不驻足沉思本世纪的建筑风貌与人类文明的走向，究竟是不是应当与前一世纪有所差异的自省性问题来了呢！

奥黑尔机场登机站，结构肌理美学
与后现代风格交混。

80年代的汤普森中心遭到两极化的
批评。

达理中心有着强烈受密斯影响的
风格。

理性与诗意

Poetic and

Rationalistic

自20世纪70年代中期起逐渐蔚为美国建筑界主流风潮的后现代主义，在80年代开始遭逢年轻一辈建筑师的质疑与挑战，例如东岸以理性自制又优雅诗意著称的斯蒂文·霍尔，以及西岸以材料造型实验、热情且丰富的弗兰克·盖里，分别为首所引领的新一批建筑风潮，不但重新带起当时美国建筑界对建筑新美学追求的热潮，也对整个世纪所一直延续的现代主义传统有着良好的承传。

而一直在美国现代建筑发展历程中扮演着极重要的、不可或缺角色的芝加哥，却在同时间显得踌躇犹豫，既没有展现出意欲与东西两岸同步反省的企图心，也没有提出独特前瞻的建筑看法。两个当时在芝加哥主要的建筑领导公司SOM和墨非／杨（Murphy／Jahn），仍然分别绕在新古典现代主义（如AT&T大楼）和后现代主义（如汤普森中心）里打转，又见不到任何令人目光一亮的新人接棒，一时颇叫人有芝加哥建筑"廉颇老矣，尚能饭否"的质疑与感伤。

而80年代中期，芝加哥最受瞩目的地标性建筑——芝加哥公立图书馆竞标，优胜者居然是极度后现代风格、不具与当时时代同步共瞻的一件保守风格作品，更是犹如把芝加哥建筑思潮发展打了一记当头棒喝，使芝加哥当时的现代建筑，看起来发展前途更加茫茫无望；而这样的现象与低迷的气氛，要一直到了芝加哥当代美术馆（MCA）于1996年夏天开幕启用后才有所改变。

1991年5月，在经过12个月对200余名候选者的审查后，MCA宣布来自德国的约瑟夫·保罗·克雷赫斯（Josef Paul Kleihues）为最后被遴选设计这个项目的建筑师。生于1933年的克雷赫斯，在当时国际上的知名度并不算高，这个美术馆也是他在美国的第一个设计案，然而在德国他却已经有包括在法兰克福的史前博物馆、柏林的当代美术馆等为数极多的建筑作品，在专业界与学术界，他都是同样受尊重的前辈建筑师。

克雷赫斯的作品有着理性倾向的诗意品质，他对建筑机能的使用性有着极大的尊重，对现代主义的传统也有着敏锐的了解与专业训练素养，建筑作品呈现出结构肌理明晰、又具有创新风貌的清新风格。在这间美术馆设计案里，克雷赫斯以显得谦逊无奇的简洁五层长方体楼房的婉约姿态，悄悄地静立在密歇根湖与芝加哥的购物商业中心区之间；而从美术馆内的任何一楼层，都可借由朝向前后大玻璃窗的中廊，不断在视觉上与湖景及商业活动互动，馆内的参观者在穿出穿入各样展示空间时，也可借由这样不断与外在环境对话的方式，知道自己的位置所在，不致有一般在美术馆内常容易因绕走而失去方位感的现象发生。

　　MCA除了提供大量的展示空间用来展示第二次世界战后的当代视觉艺术文化作品外，还有一个面湖位于馆后的层层露台状的雕塑花园，以及书店、礼品店、咖啡馆、有15000本艺术藏书的图书馆、多功能空间（可用餐、办派对、婚礼等），另外还有300个座位的表演厅、多间工作室兼教室的教育中心，功能繁多也显示出强烈意欲与社会做多面向互动的意图。

　　整个美术馆动线明晰干净，空间亮丽爽朗，对城市环境、使用者、展示艺术品与工作人员，都有着细心且谦逊的友善态度，设计者的自我（ego）隐身几乎不可见；展示空间清晰易辨，也易于展示与观赏，机能浅白易懂，空间流畅不做作，整个气氛十分友善宜人。

　　在我到访的时候，馆内正好展出我个人极喜欢的来自伦敦的双人组艺术家吉尔伯特和乔治（Gilbert & George）称作“1999”的展览；作品是巨幅的由拍自伦敦东区工人阶层邻里的照片所组合而成的影像作品，照片里的影像包括有人像、涂鸦、街道景象，还有伦敦地图、放大的血液、尿液细胞等等，他们表示用意是希望自己的作品“能跨过知识的屏障，直接与人们真正的生活对话”。能在这里意外见到吉尔伯特和乔治的真实作品，

建筑结构清晰简洁，外貌谦逊婉约。

的确叫我雀跃不已。

另一个有趣的展览是来自多伦多的团体"普及观念"（General Idea），这三人组的团体自80年代起，开始发展一系列对艾滋病反思的作品，其中两个成员都因艾滋病并发症而先后死于1994年，仅存的布朗森（A. A. Bronson）在这个叫"负面想法"（Negative Thoughts）的展览里，将其面对这个时代灾难性死亡的情绪过程，借由回顾般文字与影像的个人记录，产生出撼人也感伤的告白作品来。

芝加哥当代美术馆也许永远不会被列名为历史上的伟大建筑，但它却绝对是一栋好的建筑，它对自己应当扮演什么角色，以及应当如何扮演好自身的角色，都有着称职谦逊的表现，既不强与人争锋，也不妄自菲薄，这是大部分城市都急切需要的好建筑的个性吧！而它对整个芝加哥自80年代起逐渐迷途不知方向何在的建筑发展，也可能有着明灯般的指引作用。

由克雷赫斯所完成的这个世纪末承传现代主义的作品，也将在世纪初有库哈斯在伊利诺理工学院（IIT）校园的建筑方案，以及皮亚诺（Renzo Piano）的新美术馆（Art Institute of Chicago）接棒，但愿这一波令人期待的新建筑方案，可以一扫芝加哥自70年代以降令人失望的建筑表现印象，并发出芝加哥21世纪新建筑将或可有令人期待新面貌的一个先声讯息呢！

CHICAGO
芝加哥

动线明晰流畅，气氛友善宜人。

中廊可在视觉上与湖景及市区做联系。

真实
与幻想的
地平线
Beyond and
Above the Horizon

整个20世纪的现代建筑史中，最令人难以明确定位、也最具戏剧性色彩的建筑师，可能非美国建筑师赖特（Frank Lloyd Wright）莫属了。

赖特事实上成名甚早（赖特生于1867年，死于1959年，享年91岁），在40岁前后，他已完成他生涯前期最重要的代表作，例如在芝加哥大学校区内的罗比住宅（Robie House），以及位在芝加哥市郊橡树园市（Oak Park）的联合教堂（Unity Church）。但他也在这同时期与他一位邻居的妻子（也是他的业主）恋爱了，因为他的妻子拒绝离婚的建议，赖特就决定像他的父亲当年一样的抛妻弃子，带着他的情人他走欧陆，而此时不仅正是他事业的一个高峰期，他6个小孩中最小的也只有6岁，他却一切不顾地远走高飞了。

而在欧洲的两年，他因缘际会地在柏林出版了两本他的作品专集，这两本书立刻为他带来了当时在欧陆国际性的声誉。之后再度回到美国的三年后，他为自己以及情人在威斯康辛州老家建造的自宅，因一位精神失常的佣人蓄意纵火，不仅房子付之一炬，情人与她的两个小孩也葬身火窟。赖特身心同受打击，他在日后的自传里写道："在这片美丽的山麓中，大火遗下的仅有空虚的一片黑洞，以及在我生命中刻画下焦黑丑陋的一道疤痕。"

赖特并没有被这打击所击倒，他在两年后（1916年49岁时），接受东京帝国饭店（Imperial Hotel）的设计委托，并因业主要求全程监造而在日本居留了近6年。这段时期赖特显示出他对装饰性与钢筋混凝土可塑性的极大兴趣，帝国饭店使用的印第安玛雅装饰风格，在他后来几年的小住宅设计里，都见到大量的延续发展；赖特也于同时期在加州的米拉德住宅（Millard House）的设计中，发展出具有装饰纹路、并可与钢筋及混凝土共筑的预铸混凝土砖，试图在机械大量生产与工艺装饰间找到突破的平衡点。

但紧随而来漫长的经济大萧条，使赖特几乎没有业务可做，而且他不断起落的感情与财务纠纷，又广为媒体追逐报道，使他陷入生涯与人生双重的极低潮阶段。这段时间他常待在被沙漠环绕的亚利桑那州他设立的学校里，这时赖特提出了一个叫"广亩城市"（Broadacre City）的人类理想城市方案，但是此时的媒体舆论已多将赖特视为日暮西山的过时建筑师了。直到1936年，赖特才以几件惊世的作品唤回舆论的注意，其中包括被他形容为"混凝土加玻璃的树"的约翰逊公司总部大楼（Johnson Wax Administration Building），以及闻名遐迩的流水别墅（Falling Water）。罗伯特·汤布里（Robert Twombly）在他写的赖特传记中，形容赖特在经过近20年沮丧生涯后的这次复出是："美国艺术史上最戏剧性的创作上的复出，更令人惊异的是他当时已经70岁了。"

在他逝世前最后的10年，荣誉如雪花般纷飞而来。1956年他死前3年，古根海姆美术馆终于破土，在1957年大量的公共工程案邀请他设计（占了当年他事务所59件设计案中的35件），一改他整个生涯大半无公共工程可设计的奇特现象。

赖特一生还是以他早期的草原住宅（Prairie House）最为著名，这时期尤其可以他的罗比住宅为代表作。这种草原住宅的平面通常以一个类似壁炉或厨房的机能核心（utility core）为中心向外延伸，以移动式空间（space-in-motion）的概念，让房间逐步地向外开展并舒放，以一种不对称的自然有机生长模式，越出窗户边界融入或真实或幻想的远方地平线。整个外形上水平线条的个性十分强烈也明确，在态度上有着顺服自然而非挑战自然的谦卑性。这种与自然亲和一致而非对立的态度，除了因为赖特早年师承深受新艺术（Art Nouveau）运动影响的沙利文（Louis H. Sullivan）建立从大自然的各种形态中必可找寻到一些忠实的设计本质观念外；他成长过程常爱消磨在他舅父威斯康辛的农庄里，每年夏天都辛勤地

草原住宅的代表作品之一：罗比住宅。

水平线条个性强烈也明确，呈现出
端庄沉静的气质。

在泥土里工作，从对大自然与土地具生命事物的直接接触观察中，酝酿了他对大自然一生的渴盼与追求态度。

赖特在心灵上一直怀抱着大我的宇宙观，因此与自然环境中存在的建筑，也一直试图寻找出自身与大地环境的关系，并借以架构出住居其内个体与宇宙的秩序关系来。他这种对人与宇宙关系的强调，以及他由沙利文那儿所延续而来，一直不能绝对排除的装饰性手法，使他在被称誉的同时，也被当代的现代主义者视作老气与守旧；在当时以技术大旗为首的风潮下，赖特的现代感与简洁性，似乎远远不如属于他后辈的密斯与柯布西耶，他的时代位置被年轻建筑学子所质疑，并因此使赖特的价值性也显得隐讳不明难以定位了。

赖特早年就接触并长期收藏日本木刻版画（欧洲新艺术运动本来也受到日本艺术的影响），他日后的住宅作品亦可看到桂离宫影响的痕迹，但赖特一直否认日本建筑与艺术对他的作品有过任何影响。无论如何，日本传统建筑深邃的挑檐、黑木柱梁间的白灰板壁、室内与室外的密切关联性、室内空间仅以纸拉门相隔的流通性、水平性线条在美学上的强调等等，都可见出日本式的东方建筑观念如何与赖特的建筑手法相辉映。

赖特早年完成的罗比住宅几乎已是草原建筑风格的代表作品。它的水平线条以交错的音乐节奏般的韵律，借由屋顶、带状水泥横条，甚至细长比例明显的红砖显现，呈现出一种沉静的诗意品质。整座建筑有着端庄的大气，没有任何烟硝的霸气与对抗嚣张意味，仅以自身的优美性，不断与远方似乎可见又不可见的地平线款款对话，如一棵树般在大地上自然地生长出来。

在橡树园市他的自宅设计中，可以清楚见到这幢他年轻时为自己建造的房子如何随着他生活的需求改变（成家、生育共六个小孩、设立事务所

赖特工作室与自宅的近景与内部空间。

等），在时间中不断生长的有机性格。另外他对于装饰性与真实材料个性显现的着迷，也可在其例如拼花玻璃、家具与室内设计手法上见出一斑；室内空间与使用机能的吻合准确性，可回应沙利文名言"形随机能"对赖特深远的影响，空间的流动性与同时具有内隐／外张有机性的特质，在这个作品中皆可初窥其端倪。

赖特的建筑形式与风格，虽然是他最为人所讨论并引为称誉之所在，但事实上他的建筑手法在整个20世纪对后继者的影响力，是远远比不上其他欧陆的现代主义大师的。赖特真正的价值，可能反而是他的建筑具有一种本分性格，他真实地显现出一个建筑师如何以自身所熟悉并具真实生命力的材料，在依循机能的需求下，反映出当下环境的现实性与这样现实性中的美感可能，并在其中寻求生命个体与宇宙自然和谐关系的坚持态度。

他这样愿与现实环境对舞的本分性，对生命与自然宇宙关联意义如宗教信仰般的追随不舍性格，事实上都是背离20世纪建筑主流价值观的。赖特长期背负着过时／老气／乡下人／不现代等有如十字架般的隐形标签，在他死后近半世纪后再回顾，反而显现出一种人类思维的恒久价值性，尤其值得那些长期盲目追逐新奇与高科技现代建筑的人反省。

水平线条的美学风格其实是可以毫不重要的，真正重要的是赖特借由这样的美学手法，传达出他对人住居环境的观念，以及人存在于宇宙的意义究竟当如何由建筑来表达的思索。

罗比住宅节奏优美动人。

143

属于世界的
美国风景

An American
Landscape
for the World

赖特生前曾说设计师应当："研究自然，热爱自然，亲近自然。因为自然绝不会令人失望的。"这段话不但清晰地呈现出赖特生长于美国中西部农村环境的背景，与其一生设计作品中显现对自然的向往性，也隐约透露出他同时一直具有反都市倾向的源处。

赖特生长的时代，正是西方世界（包括美国）都市化现象最急剧的时代。赖特降生时（1867年），全美国的人口只有3800万，他死时（1959年）人口已达1.8亿了，都市人口在他出生时，仅占总人口的1/4，在他死时，却已经占到约3/4了。

这种城乡之间魔幻般急速的改变，对本来来自乡间的赖特，自然是极具冲击性。在他早期以乡村为背景的住宅案里，他思索着建筑与大地的关系，但到后来开始与都市的项目接触后，他便对美国城市的存在意义开始发出质疑。像他的罗比住宅，就是以形式风格及空间视觉性，来与无限延伸大地做对话的极佳案例；而在他所设计的位于他所鄙视的都会环境里的建筑，则通常四周会以高墙围蔽，光源完全取自垂直上方的天窗，不愿与四周环境沟通的姿态十分明显，例如纽约的古根海姆美术馆（Guggenheim Museum）以及在芝加哥郊外橡树园市的联合教堂（Unity Church）。

而他这种反都市发展的理念，事实上可由他在美国经济大萧条时期（他避居于亚利桑那州极端潜伏的30年代）所提出称作"广亩城市"的理想居住城市方案中见出端倪。这个城市基本上是以水平方向做思维上的扩展，每一个住户几乎都占地一英亩，在赖特的理念中，是要使每一个人都有充分的土地、空气和阳光，使人的价值能在其与自然的互动中重新建立，不至于使人成为都市中一个失去价值意义的符码。

这个理想城市的理念，基本上是与20世纪的都市化高密度现象和以工商业发展为目的的城市导向几乎誓不两立地抗衡着的。因为赖特认为人应该顺应自然生存，而都市根本上是违反自然生活方式的，并因此使得居住

古根海姆美术馆入口处。

CHICAGO
芝加哥

THE WORSHIP OF GOD
SERVICE OF MAN

联合教堂是赖特第一次尝试使用
混凝土浇灌而成的建筑。

其间的人也不可避免地变得虚假起来。

赖特的这个"广亩城市"方案，也许在构思上仍缺乏现实上的严密性，尤其是对影响当代都市极为深远的政治经济运作方式，几乎完全一厢情愿地视而不见，他所关注的是人如何能有理想的生活环境，以及对宗教及艺术需要的强调。他的某些设想，也几乎与现实有些距离，例如他甚至提出他设计的未来汽车与有点像飞碟的直升飞机，来当作解决因土地幅员广大而衍生交通问题的方法，在未来想像与现实处境间，设计位置摇摆不明确。

赖特的广亩城市，也许破绽处处也毫不实际，但其中所呈现出来对当代都市发展趋向的不赞同，则清晰可见也态度鲜明。这样的方案在当时正急剧都市化的过程中去看，也许显得保守反动甚至天真幼稚，但现在再回顾，却反而可与我们在反思都市意义与其利弊究竟何在时，做出有趣并具有建设性的对话性意义来。

赖特一生并不真正以公共建筑的设计闻名，但在几乎是他生涯最前期与最后期的公共建筑中（各具独特代表性意义的联合教堂以及古根海姆美术馆方案里），我们还是可以经由观察赖特不管是在处理室内外空间关系，或是在造型美学的发展上，见出他对他所厌恶的都市环境如何应对的手法与态度。

建造于1906年的联合教堂，是赖特第一次尝试使用混凝土浇灌的构筑方式，他之后就感觉到钢筋混凝土具有无比的潜力。他在设计完这个教堂后曾写道："混凝土是具有可塑性的一种材料。我见过混凝土所编织出来的其他东西，为什么建筑物不能以同样的方法来编织呢？"

他在这之后，不但继续以混凝土来实验预铸与装饰性细部发展的可能，也将混凝土具有的可塑连续性可能与他在自然界所见到的有机自由曲线（如贝壳螺旋线条）合理也成功地相互结合起来，并使他一直强调的有机建筑理念在视觉美学上有了突破的成果与发展。

在联合教堂的主空间里，空间不仅像他住宅作品那样空间呈现水平向的流动，也开始向垂直方向作流动，由上方引入的光源，更加强了这种空间立体流动的特色。平面组织具有简洁的清晰性，所有造型上的装饰性处理，都被十分收敛地放置在小尺度细微处，例如窗框与混凝土纹理上，只有走到近距离的范围才会看得到，整个建筑远看具有利落干净以及神秘气质的纪念性个性。

教堂空间除了在垂直／水平的流动性上有所突破外，似乎也展现出赖特受到老子虚实哲思的某些影响，例如所有实体性物质（墙、屋顶、地板与边饰），都是为了成就出最终的虚体主空间。而教堂主空间成功地成为整个设计案焦点，证明赖特对空间的真实意义何在（是虚体非实体）十分清楚也自觉。这与他在住宅设计方案里懂得将屋外广大虚体的自然空间引作设计内部空间向外延伸时的焦点，在思维的意义上也是具有连贯一致性的。

赖特虽然对都市有着近乎负面的观感，但对当时蓬勃发展的高层建筑，却也跃跃欲试。然而他理念中强调以水平方向与地面大自然做互动联结，以及他后来所着迷的建筑连续性与可塑性格，却与高层建筑必然脱离大地、单元因楼层而必须分散无法联结的特质，有着极大的、几乎不可破解的矛盾与冲突性。

在第二次世界大战期间，赖特做了许多并没有实践出来的设计方案，这些方案里对空间与构筑的连续与可塑性，在程度上都有着前所未有的热情探讨，尤其与他早年爱用的直线条大异其趣的，是圆形与螺旋形线条的大量出现。他在这样回旋形态的空间里，开始展现出一种视觉上不断变易的动态特质，也就是说空间客体会由于人的主体而不断做改变。

CHICAGO
芝加哥

这时期空间的思考与对高层建筑的尝试意图，终于在他晚期的古根海姆美术馆得到淋漓尽致的完美发挥。古根海姆美术馆以绕了5圈的螺旋坡道来塑造中央挑空的大采光空间，连续的曲线条与空间成功地在垂直向的都市建筑里现身，而混凝土的可塑性格与美感可能，亦在这个作品中得到极致而优美的发挥。

整个美术馆的外形，似乎完全不能与既有的都市纹理配合，甚至显露出赖特本质上与都市格格不入的内在本质。但这幢建筑物却有着一种特殊的有机个性，在不愿与周遭都市纹理对话的同时，却似乎同时成功地与都市之外更大架构的某种纹理相吻合，而使得其具有一种看虽奇特却不突兀的、能融入环境的特质。

赖特虽然长期受到称誉（尤其是近代的美国媒体，常反会因其美国本土个性而特别厚爱），但始终未能被视为具有前瞻领导性的建筑师，他的追随者与后续影响力，也似乎远不如密斯或柯布西耶。这固然与他早年深受沙利文以自然物作主题的装饰风格，以及对美国主体性（非欧洲）坚持的影响有关，而他一直摆脱不掉的有着19世纪注重边饰的趣味，也叫后来极端崇尚现代主义的当时欧洲建筑界不能全然接受。

但是赖特仍留有的所谓旧时代气息，现在再看来事实上已经没那么严重了，反而赖特在他一生漫漫的建筑实践生涯中，还是十分清楚地向我们显现出他完整且丰富的成果。尤其他将人生观注入设计思考里，更是整个20世纪少见的能以个体生命存在性来与大时代科技及形式风潮对话（并对抗）的例子。他的建筑哲思与空间手法，固然仍可长远为后人探讨效法，但他让我们见到建筑最终还是要与生命本质对话的必然性，几乎已成了救赎整个时代的先知，这可能才是赖特留给我们最弥足珍贵的真正遗产吧！

上方引入的光源与有机自由
曲线，都成了古根海姆美术
馆最吸引人的地方。

古根海姆美术馆外部景观。

图书在版编目（CIP）数据

  城市漂流：关于三个城市的十二个建筑思考/阮庆岳著；李治辉摄影．—桂林：广西师范大学出版社，2004.5

  （城市文化）

  ISBN 7-5633-4493-4

  I．城… II．①阮…②李… III．建筑艺术—研究—美国

IV．TU-867.12

  中国版本图书馆CIP数据核字（2004）第018472号

广西师范大学出版社出版发行

（桂林市育才路15号 邮政编码：541004）

（网址：www.bbtpress.com）

出版人：萧启明

全国新华书店经销

发行热线：010-64284815

北京华联印刷有限公司

（北京经济技术开发区东环北路3号 邮政编码：100176）

开本：787mm×1092mm 1/16

印张：10 字数：71千字

2004年5月第1版 2004年5月第1次印刷

定价：38.00元

如发现印装质量问题，影响阅读，请与印刷厂联系调换。

本书经台湾田园城市文化事业有限公司许可，在中国大陆地区出版中文简体字版本。
未经书面同意，不得以任何形式复制、转载。